Take a sad song and
Make it better

这辈子活得
热气腾腾

张巍 著

人民文学出版社

图书在版编目（CIP）数据

这辈子活得热气腾腾/张巍著.—北京：人民文学出版社，2015
ISBN 978-7-02-010784-1

Ⅰ.①这… Ⅱ.①张… Ⅲ.①随笔—作品集—中国—当代 Ⅳ.①I267.1

中国版本图书馆CIP数据核字（2015）第028601号

责任编辑　徐子茼
责任印制　苏文强

出版发行　人民文学出版社
社　　址　北京市朝内大街166号
邮政编码　100705
网　　址　http://www.rw-cn.com

印　　刷　北京新魏印刷厂
经　　销　全国新华书店等

字　　数　150千字
开　　本　880毫米×1230毫米　1/32
印　　张　8
版　　次　2015年6月北京第1版
印　　次　2015年7月第4次印刷

书　　号　978-7-02-010784-1
定　　价　36.00元

如有印装质量问题，请与本社图书销售中心调换。电话：01065233595

目录

Part 1
当一个人还能笑的时候，是不容易被打败的

002　我爬上全世界的屋顶
006　挫折感
010　沿途有你
012　那些世界上所有的寂寞夜晚
015　灵魂还在不在
018　自卖自夸
022　远行——写给三个开山弟子的送别信
026　假若我是昨天看的《阿凡达》
030　二分烟月小扬州
034　明日之歌
036　认
039　赤子
042　不必相送
045　触不可及

Part 2
没有无聊的人生，只有无聊的人生态度

050 慢慢来
053 关于过去，关于未来
058 和自己相逢
062 太太万岁
065 优秀的女人是没有好下场的
068 自爱
071 无可救药与无可奈何
074 向前走
077 期待你的夸奖
080 要娃干啥
083 用力呼吸
086 陈家瑛的痛
088 困局
091 善始善终
093 二月二
096 Unlock the mystery

Part 3
孤独是生而为人的基本条件

100 永远未知的何止是恋爱啊
103 棉棉与毛毛
106 爱我，尊敬我
110 温柔的慈悲
113 最后一盏灯
115 我家在哪里
119 光棍节
121 不吐不快
123 孤独得像一颗星球
126 不说离殇，说陆无双
129 一切有时
132 一去永不回
134 You belong to me
136 永远的微笑
139 罪与罚

Part 4
没人跟你过不去，是生活本身矛盾密布

144　有时尽
148　唱首温柔的歌
151　等风到
154　独立时代
157　太平日，太平人
160　月台
163　自在
167　三行情书
169　家家有本难念的经
173　生日快乐
175　谁是千堆雪，谁又是长街?
177　领悟
179　你是你，我是我，他是他
181　忙与盲
184　十一年
187　寄居者
190　山水有相逢

Part 5
这个世界依然有值得我们去微笑的东西

194 二十周后
198 向着明亮那方
201 挑灯看不见
203 丹青不知老将至
206 核桃，马扎及售票员
208 秘密花园
211 再会时代
214 微小的，微小的
216 小言不耐症
218 张爱玲说的？
221 懦弱与善良
224 发光如星
231 我有平安如江河
234 且试新茶
236 我还是你的
240 影片分析
243 无痛人
245 时间的味道

这辈子 活得

热气腾腾

Part1

当一个人还能笑的时候，
是不容易被打败的

  我想理直气壮地告诉这个世界，是的，我挺好的，我要求不低。对我不好，我不认。从今以后，我不会随随便便地把自己托付给一个陪我打发寂寞的男人。我要一个我能认的，我肯认的，配得上我的认的男人。就像一只考拉认一棵桉树。就像一只小兔子认一只大兔子。哪怕像彼得终于在鸡鸣前认主，索多玛留下它的盐柱。

  这是我的爱情宣言。我才懒得告诉全世界。

我爬上
全世界的屋顶

2005年,我顶着跟灭绝师太一个形状的博士帽从东棉花胡同39号毕业。那一年,我二十八岁,跟我一起毕业的师姐在接过由先生送上的鲜花后满脸溢笑地告诉我,她上一次硕士毕业,从先生手里接过来的是结婚戒指。我羡慕地望着她,不敢回头正眼瞧一下专门从西安来参加我毕业典礼的爸爸。那么酷热的夏天,我爸爸坐着火车奔波了来回两千五百公里,就为了给他们不上相的女儿拍一张跟欧阳予倩像的合影照片,此情此景,真跟八十年前,我奶奶那一代追求自由民主进步的年轻女学生从北平大学女子文理学院毕业的时候写的那首诗里说的"八年苦乐此中求,一顶方巾半世休"没什么两样了。只不过,我念了足足二十二年书。我六岁上小学,中间一年没耽误,等到博士毕业的时候,回头一看,这二十二年的光阴,换来的居然只是从胼手胝足一墙一瓦建设的原以为一定会结婚的前男友家里搬走的那整整四十箱子的书。2005年由此成为我的重大纪年——文艺青年了半辈子的小张我突然从迷梦中惊醒,发现自己居然堕入了俗不可耐的狗血电视剧情节中不可自拔——二十八岁这年之后,江湖上关于我的名词解释,多了如下几个新的注释条:女博士,非著名编剧,北京某著名艺术高校最年轻的副教授,单身剩女。

起初我并没那么慌张。拜职业和心态所赐,二十八岁的我还长着一张不用ps也没皱纹的苹果脸。我身边颇有几个大公司当白领的亲戚、同学和朋友表示愿意张罗,我心说,相亲呗,谁怕谁。介绍人问我,你有什么要求?我谦虚地说,我要求很低,不过是年龄合适品貌相当受教育程度和收入相差不远。没想到,就这几条要求说出去,所有的介绍人都颓了。有客气的、在意我感受的朋友早早低调地就撤了,那些直爽的、拿我当自己人的哥们儿索性直说,巍巍,你都多大了?还想什么呢?符合你这要求的男的,凭什么找你啊,人早奔着"80后"甚至"85后"下手了!

我大感不解。我才二十八岁,我也不老啊。我知书达理,性格可亲,职业体面,收入不差,父母都是知识分子,家境小康,最重要的,我还不难看呢。我也没说非要嫁大款有车有房在宝马里流眼泪,我的要求怎么就高到吓人的地步了呢?我要求男人有的东西,我自己都有,我干吗就非得降低标准,找个"三低"或者"四无"中年男人过这一辈子呢?

朋友见劝不动我,纷纷摇着头走了。他们知道,无情的事实一定会最终教育我,要不就是我就范,瞎找一个就婚了;要不就是我放弃,奔着拉拉出家孤寡后妈的大龄女青年的结局而去。

果然,我很快就慌了神儿。那些日子,是个人给我打电话我就抱着话筒狂说不已，对方烦不胜烦我才肯放下——号称将近两千万人口的北京城，我居然生生演了一出一个人的荒岛余生记。眼看着三十岁如同利箭一般向我刺来，耳朵里听见的都是一个又一个相亲的男人通过介绍人客气委婉或直率地说，张小姐人蛮好的，可惜就是性格活泼了一点；张小姐学历太高了，我看还是算了；张小姐不像是那种能在家里给男人洗衣服做饭的女人，不符合我的要求……

前男友结婚的消息传来，生怕我漏了细节的朋友还补充告诉我，婚戒是卡地亚的，新房子买在东边，一百八十平方米，给新娘子买了马六……说也奇怪，我心里既没有羡慕也没有嫉妒更没有恨。我只有恍然大悟。如果我去参加他的婚礼，我一定要说的话只有那一句——你个磨蹭鬼！居然用了五年，生把我从卖方市场变成买方市场了才分手！我当然没机会跟他说这个话。都说前男友是个坎儿，我还是要谢谢他留了一手，没让我磕掉门牙。也幸亏他，我才明白了，原来我什么也不是。我不是我以为的那个可以跟男人颐指气使的女孩儿，我也没有生气伤心时候稳定陪同缓解情绪的后备大军。我只有我自己。要结婚，我就要战斗。

于是，一辈子没下过厨房的我学会了做菜。从来没耽误过工作的我为了相亲推掉了好几个戏。全系的老师都被我骚扰过一遍，每人起码教给过我一个拿手菜。那时节，为结婚发疯的小张手刃过活泥鳅，亲手氽过肉丸子，脸上被油溅到过油点子几乎毁容，为了身材更好，一天就吃一顿饭，一个月就瘦了十二斤，差点把小命都丢了。

我快乐吗？我不快乐。我觉得差不多可以收获一个婚姻，可是我丢了我自己。婚姻成了政治任务，人成了这项任务里的奴隶，我几乎忘了问问自己，我究竟追寻的是一个婚姻，还是一个可以共同抵御孤独的伴侣。终于，三十岁那一年，我结了婚。结婚前的一个礼拜，我满脸长痘，某著名医院皮肤科的医生第一次诊断说我得了带状疱疹，而且很不幸地长到了脸上，几次复查之后，终于有一个年轻大夫告诉我，小姐，你什么事儿也没有，你就是内分泌失调。你最近有什么心理压力吗？

我愣在人来人往的王府井大街上。终于要结婚了，我竟然害怕了。回到家，我翻出从前一个名叫《女人三十》的故事构思，心说要不把它写成小说吧！在这部小说里，我要一分为三，我要问问我自己，更要问问我的读者们，如果我们在三十岁失恋，会不会还有重新再爱一个人的勇气？如果我们在三十岁失业，又会不会还有跌倒再来的信心？也许，就像某部电影里说的，生命就是一盒巧克力，你不打开，永远不会知道里面究竟是什么。也许，我们只是被命运随意作弄的卒子；又或者，生命的丰盛本身已经是大悲大喜之后才能收到的礼物。

曾几何时，我爬上全世界的屋顶，带着一颗焦虑无比的恨嫁的心，东张西望，左顾右盼，指天画地，怨天尤人。当所有这一切尘埃落定，永远地告别了"剩女"的编剧小张最感谢那段岁月的，仍然是它留给了我这样一段心情，一个故事。它使我微笑，它使我流泪，它使我怀念那段狼狈不堪的日子。感谢所有陪我一起回顾这段日子的闺密和朋友们。我爱你们，像爱这沸腾的整个夏天和我已经不再沸腾的青春。

挫折感

刚留校的时候，奉系主任之命给那一年的研究生开了门课叫《经典影片剧作分析》。我那时候二十五岁，初生牛犊啥也不懂，特别不忿电影学院的"经典影片"动不动就是各种"斯基""洛夫"拍的，上来找的片子都很不主流。其中有一部很是让当时的女研究生们不开心，却是我本人的大爱，是成濑巳喜男的《浮云》。我记得片子到了最后，高峰秀子秀丽绝伦的脸庞倒在森雅之那简直堪称猥琐的怀抱里，一个台湾的女研究生气得大骂："她图什么啊！"

"图啥"在此后很多年成了我的口头禅，每当看见挺好的姑娘小伙子为了一个莫名其妙的原因跟一个莫名其妙的异性死磕到底的时候，我每每祭出这句话劝人。是啊，阿黛尔·雨果为爱走天涯是图啥，《浮云》里的幸子一次次在爱情的背叛里辗转流离是图啥，《陆犯焉识》改编时放弃的那几百页，冯婉喻在陆焉识早年的疏远冷淡中的坚持是图啥,更别提还有更早的《一封陌生女人的来信》《一个女人的史诗》,那些为了无望的爱情强韧至坚韧的女人到底是图啥?男人也好不到哪儿去,不然为什么《伟大的盖茨比》被那么多成功男士引为精神知己?

生活里就更多了。随便翻几个社会新闻,撕破脸泼硫酸骂微博的前夫,死也不离婚宁可跳楼的原配发妻,三年五次人流的小三,都是图啥?

别跟我说是因为爱情。没有荷尔蒙支撑的爱情,能燃烧三年五载就是神话了,那些几十年的折腾怎么会是因为爱情?哪有这样不匹配、不对等、没有尊严更没有希望的爱情?爱情,不过是个美化的词汇,用来掩饰那些滴血的伤口上大大小小的不甘心。

真的,就是不甘心。唯有挫折感,才能激发勃勃的小宇宙。你不爱我是吧?我非让你爱我不可。我对你好,对你妈好,给你哥们洗衣服,给你嫂子找工作,我是盖茨比给你盖城堡,我是陌生女人给你生孩子,我是阿黛尔·雨果追你千万里,我对你好到让你不爱我都不好意思。我对你好到全世界都逼你爱我,你再不肯爱我就是流氓、人渣、没有感情也不懂感情的禽兽。全世界我最爱你,如果你不爱我,你就活该后半生凄凉百年孤独,我要在微博上骂你人人网骂你写书骂你拍电影骂你,你这个没有良心不懂爱情的浑蛋!

真的,别乐。包括我本人在内,之前一直也是这么个逻辑。这世界千千万万人,然而,有什么成就,谁给的善意,都无法弥补那两三个偏偏不爱我的哥们给我造成的挫折感。2008年,我跟哈哈合作了我人生第一部话剧《剩女郎》,一百天里在赶上奥运会、几乎毫无宣传的情况下连演了六十六场,在当年的小剧场话剧里是非常不错的成绩了。我的亲朋好友纷纷去看,回来统统都说好。我自己去的那几场，观众都哗啦哗啦给编剧鼓掌。我记得自己幽怨抑郁地给一个朋友发短信说，我的前男友现任老公初恋一个都没来。这个戏本来是最想让他们看的。朋友不解地回复道，有很多别人给你鼓掌啊，他们不来就不来呗！你的人生又不是只有他们！

我那朋友曾经是外交部驻联合国的干事。女人见过大世面，说的话就是不一样，不是阿Q似的"他们不来是他们的损失"，也不是陪着我指天画地地骂男人说"他们真不懂珍惜你"。她那句话，现在看来，简直是至理名言——他们不来就不来呗，你的人生又不是只有他们。

我跟自己打了这么多年架，估计也逼得那些不爱我的男人们寸步难行。我被我的挫折感煎熬，每次都爱上不那么爱我的男人，每个不那么爱我的男人，好像都有一个深爱的前女友，这些牛逼地活在过去时空的假想敌们，她们强大到不可战胜，她们时不时出来骚扰我本来就岌岌可危的生活，每次失败都再一次提醒我，是的，我是不被爱的loser。

那深深深深的挫败感啊。让我从十三岁起就各种不想活的沮丧，让我觉得自己不配得到爱也永不能得到爱。让我生命不息战斗不止，让我在每段关系结束之后仍然深深渴望像那些前女友一样被怀念却不可得。

想得不可得，你奈人生何。

问题是，我干吗那么想得到这个？

我三十七岁，我大大小小也谈过几次恋爱，我曾被人喜欢过，我没有办法让一些人喜欢我，貌似最好的方法就是离开他，以后如果跟其他不够喜欢我的男人在一起，不愉快累积到倍感挫折的程度，第一选择应该还是拔腿就溜。到了这个岁数，不能再幻想交往的男性没有纠缠已久的前任，但是，我有我的优点。

  做不了开年大戏,做的填档戏播出高收视率,也不是没有过的。就算没有好成绩,填档戏一样也是一群人一段时间的心血。人生也是一样。如果注定只能在未来谁的人生里当一部填档戏,争取没有辜负这段档期。

  至于我自己的挫折感,只能交给时间去处理。其实谁的感情不是一笔糊涂账呢。那些不爱我的男人,青春期也被他们的女神折磨得七荤八素;那些女神,没准是另一个故事里的阿黛尔·雨果。我的确没本事铲尽天下前女友,也不可能扭转某某不爱我,起码不像我期待的那么爱我这个局面,但我起码还能对自己干一件事。

  拍拍自己的脸,站在镜子跟前,好好问一句,你图啥啊?

  是的。他不爱我,他也不爱我,他们都不爱我,让我倍感挫折。然而,那绝不是我不值得被爱的标志。

  他们只是最难讨好的那部分观众。他们只是不欣赏你的戏路。你叫"斯基""洛夫"的粉丝去看《陆贞传奇》,那简直是越努力越蹉跎啊。

  在生命的暗处,我一定会有我的观众吧。

沿途有你

最近常常觉得很对不起我的小熊。

小熊跟我一个名字。我二十二岁那年考上电影学院的硕士，暑假在中央八套打工，第一个月赚了三千三百元人工费，生日那天冲去电视台附近的翠微百货，在玩具柜台一眼相中了一只毛绒熊，买给自己当生日礼物。于是那天也成了它的生日。说起来，今年它也快15岁了。

十五年的毛绒玩具，跟着我东飘西荡，从海淀，搬到朝阳，再搬回海淀。北四环、西四环，现在又来到了上地。它身边也颇换过几个伴侣，到最后，它毛秃了，颜色暗淡了，脖子上挂过很久的银项链不见了，身上的毛背心也变成我儿子穿剩下来的。在我每个不在家的时刻，它还是一个人孤零零坐在我的床上，亘古不变，地老天荒。

这只小熊见证过我这十五年来的几乎每个重要的时刻。恋爱、分手、结婚、生孩子、离婚，每次眼泪都浸透过它的皮肤和毛发。做手术、抑郁症、反复失眠，它的毛爪子都握着我的手。最丑陋的时刻，最喜悦的时刻，它都在一旁，沉默地为我做着见证。我曾爱过的男人都向我保证过，绝对不会抛弃它，如果地震一定记得抱它离开。后来他们都离开了，只有熊在这里，一直还在这里。

开始信任一个男人的时候总是会恳求他：如果有天我先死，请一定照顾好我的小熊。因为真的不舍得带它一起离开世界。怕风吹日晒雨淋，怕土里太黑太冷。烧了太残忍，给后代怕它受委屈。钱财房子都看得开，知道生不带来死不带去；甚至明白孩子父母男人都会离开，唯独这只毛熊，简直成了我的我执，放不下，舍不得。它是我对这世界奇妙的坚持，人家养猫养狗养孩子，我养一只小熊。它不吃不睡不说话，它不唱不跳不哭闹，它慢慢成了世界上另一个我。愿意对我温柔的男人，须先对它温柔。离开了我的男人，请勿忘这只小熊，毕竟，它比我温柔得多。

如果能拍电影，我真想为我的熊拍一部《被嫌弃的松子的一生》，讲述一个拥有光润毛发的美丽小熊怎么一步步被世界和它的女主人糟蹋成一个松松垮垮的褪色毛熊。它的一次次以为会被珍惜对待却总是失望的心。它一次次以为这里就是终点的天真。它跟着她一起搬家，一起变老，它总是陪着她，以沉默抵抗失望。它用它的毛爪子温暖她，哪怕最后那上面慢慢地已经没有毛了。

我们一起老了。是的。我这一生辜负过许多好意，却从没有一个像我的熊这样，让我每在黑夜里想起，就满怀抱歉。

让你成为我的熊，真的对不起啊。

如果有下辈子，我做你的熊补偿你吧。

那些世界上
所有的寂寞夜晚

看朋友圈，看到学生写了一幅字，是刘孝绰的乐府诗。"日暮楚江上，江深风复生。所思竟何在，相望徒盈盈。舟子行催棹，无所喝流声。"

深深地悲哀，那真是只有寂寞的人才懂得的力不从心。

生命中的好日子记得不多，但是一直记得2005年刚搬到西四环的时候，整个小区里就住着我一个人。给万科写《梅艳芳菲》，写到凌晨四点，写到梅艳芳发现自己得了癌症，夜里一个人一个人地打电话想叫个朋友来陪伴，却不知道怎么才能不唐突别人，于是玩命地借给朋友钱。人家借五万她塞十万，生怕被人不需要。写完这一笔，蹲在地上捂着脸哭。外面只有野狗狂吠，月亮生冷，照在我窗明几净的新居玻璃上，没有半只路过蜻蜓。

我就是那样结的婚。因为生怕此后都是

这样的夜晚,生怕此生无可依傍无枝可栖,所以即使明知道对方并未曾深爱我,也急急忙忙地赶紧把能交托的都交托出去。他起初并不愿意结婚,我说,不结婚,那就分手吧。他沉默。那天晚上他照旧去打魔兽,打到半夜他饿了,我临时给他煮了碗面,里面卧了一只荷包蛋。递碗给他的时候我忽然疯了,从来不求人的我忽然开口请求,说:"分手以后,请记得这碗面。"

所谓的心事成灰,也不过如此吧。

晚上被一个朋友说,我是没什么人生阅历的人。不服气,想想好像又真的辩驳不了什么。怎么不是呢,三十六岁了,校门都没出过。就连恋爱经验都没几次,非常非常喜欢我、哭着闹着非得跟我好的男人,毕生从未遭遇;任何人曾经为我许下的誓言,统统尽付烟云。

就是这样的命运,也只好接受就是这样的命运。从二十几岁时候的不甘心和不服气,变成在后来的挫折里,只会拿自己打岔:如果那些世界上所有的寂寞夜晚,都只是因为少一个男人,干脆让我变成拉拉吧!

最恨的就是总要写爱情戏。总要设身处地地想,有那么两个人,他们彼此相爱,互相珍惜,奋力也要在一起,拼了命也不愿意跟对方分离。如果命运把他们拆开,他们总会在地球上的某个地方,暮霭沉沉楚天阔的时候,拥有深沉的怀念和回忆。

天知道我是多么痛恨这样的设身处地。

上了中欧以后,有个女同学问我,你为什么会写偶像剧?

我说,因为匮乏。

匮乏是想象力最好的老师。在粮食统统吃完、春天迟迟不肯到来的冬夜,田鼠阿佛靠什么支撑了一个村庄的老鼠们活下去?就是编故事啊。就是不断告诉自己也告诉别人，粮食吃完了还有草籽，草籽吃完了还有泥土，泥土吃完了，春天就来了。

每一个童话故事的结尾，春天总会到来。

然而世界上总有一些村庄，它们的春天到来得特别晚，它们编了一个又一个故事，最后还是饿死了。

对整个世界来说，那不是多大的事情。

对于春天来说，它甚至不知道。

对于世界上所有的寂寞夜晚来说，它们永远不知道，有一只北京的小老鼠，蜷缩在西四环的某个角落里，编啊编啊，直至又一个明天。

灵魂还在不在

我今天太出息了,我把心理医生说哭了。

我自己就更不用说了,到处找纸巾。找到了一盒,就抱住再也不肯松手。一个号称"只是来认识自己"的我和一个号称"你没有抑郁症"的心理医生对坐着眼圈泛红,也算是我人生里的今古奇观又一章。

看过这位医生六次之后,被她一次次打击,说我不可能得到我追求的感情和被爱、被尊重、被保护之后,在我勃然大怒愤然起身下定决心不再来这里好几次之后,我终于开口讲起我的中学时代。其实有什么好说的呢。那故事有任何离奇之处吗?一个女孩。因为喜欢了一个不喜欢她的高年级男生,被班主任从英语提高班里择出来。她从学校跑出去,结果被三个老师堵在家里。其中一位男老师指着她身上的明黄夹克衫和粉红蝴蝶结说,你穿成这样,是要跟我们示威吗?然后男老师就伸手摘下了她的蝴蝶结。她此生再未留过长发。那天起,她不再是学校里的好学生,她被迫每天背着书包去政教处写检查,写不到三千字不许回去上课,她妈妈那些年下海做生意,顾不上理她。她父亲像千百万其他的学生家长一样,同校方一起配合"教育她"。她喜欢的男生不知又喜欢谁去了,她的好朋友不知道同谁做了新朋友。她只得一个人。她的父母,直到今天都不知道她经历过怎样漫长黑暗的十年。她的老公,每次都不理解她为什么还要看心理医生,明明已经过去了,永远过去了呀。

可是心里的黑暗永远都在。就如同推她向光明的力量一样巨大绵长。那黑暗使她不自爱,不自信,不想活。那黑暗使她不相信她可以有幸福的人生,有被爱的可能。她永远是黑暗中的人,如果不驱除,她永不得救。

这些年,谁出来保护过她?谁在意她也有自尊心,也需要被哪怕任何人握住手说,"我挺你"?然后她居然没放弃自己,会考前背完了数学物理化学书,勉强考过了线,一路走到今天。居然她也做了老师,居然她还相信,还期待,还渴望,还爱。

心理医生说,我能看到一个小女孩,她顽强地活到今天,从来没有放弃自己,她那么被挤压,只因为她是不同的。而她为什么是不同的,连她自己都不知道。可是,今天的她怎么能不爱自己呢。这样一个女人,怎么能依靠别人的认同来认同自己?

我瞠目结舌,答不出来。

心理医生送我出门去,突然抱住我,跟我说,好好学着爱自己。

我看着她关上门,蹲在北师大的某栋教学楼的楼梯口,哭了个天昏地暗。我好多年没在不喝酒的情况下这样痛哭过,就如同我好多年没有理会过被我关在心里的那个孤独的胖乎乎的女孩儿。每年的四月,全校第一个穿裙子的她。被一个又一个优秀聪明的男孩子丢在马路牙子上的她。为了赢得关注总是活得乱七八糟的她。为了不迟到一次次摔倒在西安二环路上的她。为了反抗学校里的男老师差点在办公室里大喊非礼的她。这么多年以来,从没学会爱自己,更没学会保护自己的她。

我有那么多眼泪想为她掉。我欠她太多夸奖和拥抱。如果能回去,我一定会对她好一点。她值得我对她好一点。

就像站在我家边上的那个4S店里,对着我的新车,胖同学开始吓唬我,我手软脚软之际,问他,那我怎么办啊?要不我把车退了?

他说,你可以从现在开始爱它。从现在开始,还来得及。

所以我可以从现在开始学着爱自己多一点。虽然我并不知道,该从哪儿开始。

自卖自夸

喜闻我的电视剧《杜拉拉升职记》要全线播出了。之前因为打击盗版，堂堂编剧居然沦落到一直在线追看百度李光洁吧里的网络盗版的地步，每天守着等待两集更新，盼它赶紧更新，又怕它更新太快，这种类似谈恋爱初期阶段的心情，对我而言，实在是太多年没有过了。不过，正因为陆陆续续看了二十多集电视剧，我的自信心陡然增加，俨然吞了几个大红大蓝一般，居然干起了一辈子从来没干过的事情——给我自己的戏写影评。王婆卖瓜，自卖自夸，也不过就我这样了。不过还好一部剧就算火了，从导演到演员再到主题歌插曲一通算上，编剧能红的自古也没几个。所以，幕后非英雄小张，今天也要说几句话。

首先，回答那个自打去年起就被各路媒体追问过无数次的问题——电影版《杜拉拉》和电视剧版本到底有什么区别？艺术创作无论好坏，各花入各眼，但是就我个人而言，作为一个五百强企业销售的前女友，另一个五百强企业工程师的现任妻子，一个五百强企业高管的妹妹，无数个五百强企业白领们的同学和好朋友，我个人并不以为老徐和何念那个版本里的生活是真实的白领生活。文艺作品白日做梦当然无可厚非，但杜拉拉这个题材不大适合。在我看来，她的故事之所以会"比比尔·盖茨更值得参考"，基本原理就在于她是个真人，是个一般小白领伸手够够就够得着的榜样。像话剧版里让一个年薪二十来万的 HR 副经理 Rose 跳到桌子上高唱"要好车，要钻石就找我"，或者像电影版里一不开心就花钱买部马自达跑车，我周围没一个白领干得出来这样的事。

我的杜拉拉，上有生病老父，中有渐行渐远闺密，前有上一任男友劈腿，现有上司看不顺眼，同事倾轧，好不容易谈场恋爱，男朋友还恐婚。她出场二十五，片子结束时候快三十，在外企待了五年，连升两级，付出的是五年里几乎天天加班，积攒的年假完全没使用过就报废了，最后虽然年薪二十三万了，能负担的也无非是一处远在莘庄的住房和一部十万不到的经济适用型小车。最重要的是，我写的还是 2010 年以前的房价。整部片子里，我从第一天写大纲起就坚持到最后一处的细节，是二十九岁高龄的杜拉拉加班到了深夜，忽然发现今天是自己生日，但是全世界都忘了她的这个日子。她辞退了貌似对自己有意思的"85 后"小正太，独自坐最后一班地铁回到租来的房子里。从江西来上海看病的爸爸妈妈全睡了，屋子里留了张字条，写着"拉拉，生日快乐。爸爸妈妈为你骄傲"。那一晚，泪如雨下的杜拉拉、一向坚持节食的杜拉拉吃掉了爸妈给她留在锅里的整整两大碗面条。我的杜拉拉不是文艺女，可我的杜拉拉是要过日子，有爹娘，生活里不止有性需求的女人。

生活里不是只有男人和钱这两样东西。生活那么长,一个单身大龄女人在异乡,除了自己别无依靠,明天醒来,只能咬牙继续前行。

职业女性在当下的文艺作品里其实一直呈现出颇堪令人玩味的尴尬面目,比如林奕华的《华丽上班族》里,张艾嘉饰演的张威被塑造成一个被职场异化了的女性,始终有个男人在她身后大喊着"张威,你放手吧!"何念版的话剧《杜拉拉》里也一样,姚晨穿着华丽的礼服在Party上泪如雨下,觉得这一切不是自己想要的生活,于是打算辞职。老徐版的《杜拉拉》因为基本扔掉了职场斗争这条线索,当然更不会在职场女性面对职业前途和女性身份认同上做文章。但我的电视剧有三十多集,虽然它貌似是个台湾偶像剧,可是越到后来,成长了、升职了的杜拉拉就要面对越多的自我认识的课题。她不再是个呆呆向前冲的小女生,升职了以后的生活并不尽如她意,从头再来谈何容易。周围女性的生活一再提醒她,看似风光无限的高管薇薇安其实不过是个离异的单身女人,而强势的上司玫瑰因为一直没有升上去,连休假生孩子都不大有胆子放手去做。这一切真的是她努力奋斗、拼命追求的生活?我的杜拉拉迷惑了。我想,很多一直奋斗不止的职业女性到了二十九、三十这个坎儿上,都会有类似的迷惑。难能可贵的是,她们大多最终听从了内心的声音,继续怀抱梦想,尽力付出比周围的职场男性更多更大的努力,来争取个人前途和家庭、情感的平衡。我的杜拉拉,最终也走向了这条道路。如果说励志,这就是励志吧。毕竟我不觉得李可笔下的"俺驴"杜拉拉,会是个轻言辞职、回归家庭的女人。

鉴于我自己稳定的人生观,我始终认为,女人有事业心,投身自己的事业,是一件无比靠谱的事。嫁得再好,对于我笔下的女性主人公来说,始终是不屈不挠的奋斗的人生里的奖励品。回首入行至今的整整过去十年，从《生命因你而美丽》到《男才女貌》到《梅艳芳菲》再到这一次的《杜拉拉升职记》，我的女主人公们从没有因为找到了王子，就误以为自己可以跳舞到天明的。她们总是拉着爱人的手，洗洗睡了，明天早起再投身到上班的洪流中，继续一天平凡的战斗生活。

入行十年，我总算经由这部戏，总结了我整个的创作观——原来我一直写的都是女战士。她们谋生亦谋爱，靠自己双手打拼明天，靠一颗真挚善良的心谋求一个靠谱的男人。她们总是尽力在家庭和个人的事业间寻找平衡，她们会得罪人，失去朋友，跟男人分手，但是生活在继续，她们擦干眼泪，决不寻死觅活，生活总会回报给她们想要的东西，也许最后不是王子，是个青蛙；也许不是公主，是杜拉拉。

远行
——写给三个开山弟子的送别信

我比我原计划要写这篇文章的时候提前了一个半月。因为如果没有意外,你们应该是一个半月以后毕业。再有一个半月,我就拥有了第一批毕业的三个硕士研究生(前提是你们的论文和剧本没被打回来),而你们,就成了北京电影学院文学系 2009 研里的十几分之三。

这一天总会来,从一开始我们就是奔着这一天去的。这三年里,波波和短短结了婚,我生了孩子,鹏鹏有了署名作品,我们唱过起码五次钱柜,吃过八次饭,每人被我毙掉超过十个故事梗概,聊过好几个 G 的天,加一块儿打掉过上千块的电话费,其中关于处理感情纠纷的占了 2/3。

我不知道你们怎么看我,我想我算是个好老师,但是说实话,我教你们的不算多。带你们的时候是第一届,有点像郭靖黄蓉对郭芙,关起门无论怎么吓唬,出了门一律争取摆出名门正派 pose，因为自诩是名门正派，所以功夫统统逼你们非按我的路子来练，谁有机缘在华山后面邂逅风清扬另有奇遇，起初都要被我斥责为不走正道，现在想想，十分抱歉。可惜往事虽然并不如烟，却真的没法重来，只能希望大家今后都能成为侠之大者，这样我作为江南越女剑韩小莹女士也算有几分欣慰。

说说我为什么要提前写这篇送行信吧。我今年三十五岁，入行十二年。写过乱七八糟一堆戏，可与人言无二三。三位作为我开山弟子，估计也没正经看过我几个戏。往客气里说，我算"实践经验丰富"，薄有点小名的编剧；往糟心里说，连亲弟子都不算拥趸粉丝的编剧，实在没什么可嘚瑟的。人家歌里是越长大越孤单，我是越变老越惶惑。带了你们三年，如今要送你们走了，总觉得连个傍身的家伙什儿都没交给你们：高级的光轮两千送不起，又不能化身藤原佐为附身在棋盘（不对，应该是各位的 Word 文档）上。我自己尚且混得凄风苦雨，又怎么能罩着自己弟子有肉吃有酒喝？活到三十多岁，肩不能扛手不能提，数理化计算机种花养草投资理财看风水算星盘都不行，唯一就是会写几个字。所以，思来想去，我打算给你们写几个字，权当送行。

你们毕业之前，我问过每人同样的问题："你们为什么想当编剧？"

答案各种各样，基本上中心思想都是一个：不希望泯然于众人，希望通过写字，不只能养家糊口，更能成名成家。简单来说就是两个字：成功。

我不是什么"成功人士"，我不知道成功是什么。上中学开始就偏科，老师不喜欢，我爹从高一起就因为嫌丢人不肯参加我的家长会。大学阴错阳差，上了个完全莫名其妙的专业，这一竿子十年青春出去，那十年里，我不美，没人喜欢，找不到任何方向和丝毫认同感。后来总算在电影学院拨云见日，干了电视剧,算是找到了人生里最喜欢的事情,但是我的戏,我爹是绝对不看的;我老公偶尔看两眼,主要以挑刺和挤对为乐;我娘倒是一集不落,但是会极其认真地给我提意见和建议,态度严谨超过我见过的任何一个电视台审片室主任;我婆婆常常抱怨我写的节奏太快看不懂,为什么不能写成两百集韩剧那样,一件事慢悠悠地说呢?

生活环境是这样,工作环境就更别提了。来往最多的好朋友都是外企白领,人家都是看美剧的。关系不错的制片人,主要交往模式就是提意见和按意见修改。有了微博之后,夸编剧的没见@我,凡是@我的都是骂编剧脑残的。你回应吧,说你玻璃心,你不回应吧,明明不是那么回事。有时候,辛辛苦苦点灯熬夜写个戏,莫名其妙就被改了删了,欲辩无从辩,真是去也终须去,住也如何住。千般滋味在心头,就像我前几天微博里说的,时间长了,根本就不是什么"宠辱不惊",就是辱不惊,因为根本没有宠。

十二年了,我爱这个行业,但是,没人爱我。有时候我真想苦苦哀求我爹妈老公别挑毛病了,作为我唯一的亲人,不要那么苛刻地提意见试图帮助我进步了,看在我们休戚与共的分上,支持我,挺我,爱我。这就足够了。

可惜,我始终没这个福气。

爱里最大的难题,是"how"吧?终我半生,仍没有答案。

拜他们所赐,我要求自己极严。从不拖稿,从不放弃对作品质量的要求(当然,是我的角度),连错别字和标点符号甚至行间距都会在交稿前一再检查。如果不当编剧,我应该当出版社编辑,因为我压根不能容忍难看的稿子从我手里流出去。然而,饶是如此,十二年来,无人喝彩。

有人会说我矫情,因为这个行业里,我已经混得不算差。我只能说,各有各的肚皮疼，我身在一个传统知识分子家庭，嫁给一个北京部队大院子弟为妻，拥有一群喜爱恐怖片和东北抗联题材的研究生，我确实只能学着更加"辱不惊"。

我挑剔了你们三年，没有谁的作业三次里能顺利通过，在研究生的大课上挑动一堆人围殴你们，推荐给影视公司的本子，我比影视公司的人挑毛病挑得更严格。我应该算是电影学院的虎妈鹰爸，除了每次都是笑眯眯的，其他估计比虎妈鹰爸更狠。因为我自己是这样一点点挣扎长大的，我希望你们足够坚强去应付这些风雨。

现在你们终于要毕业了。从今之后，我不再是谁谁谁的导师了，未来你们或许牛逼，或许不，无论是否牛逼，我希望你们身体健康，家庭幸福，在合适的时间完成所有你们希望达成的目标，世俗意义上的成功如果能使你们快乐，那我祝你成功；否则，我祝你幸福。

从今之后，我唯一能赠送的只有爱。你们是我开山弟子，于我而言，这是第一，也是某种意义上的唯一。你们的作品，我都支持，我绝不像我家人对我这样对待你们，你们所有的好与不好，在我这里都是好，你们需要的时候，我永远都挺你们，支持你们，夸你们。没自信的时候，老婆老公不夸你们的时候，回来找我，我夸。

因为我知道，最大的渴望，无非是爱。

所以我想说我从没跟你们说过的话，我爱你们。

假若我是昨天看的《阿凡达》

沉默了好几天。

沉默的原因形形色色，比如身体不好，比如工作很忙，比如天气冷得人意冷心灰，比如有点儿啥小感想放在平时想说就说了，现在想想，也没啥可说的，说了，还会有朋友问你，"你怎么啦？你没事儿吧？你最近是不是又怎么着啦？你怎么老那么亢奋啊，怪不得是做编剧的……"

每到这时候我就特别无奈。无奈到了最后，我就懒得再写字。有些事情，懂的人不说也是懂的。不懂的人，说了也是白搭。

其实中间也不是完全无话想说。比如昨天，本学期最后一次给2008级的学生上改编课，碰见一个山东姑娘，特别拗，根据一部港片改了自己的作业，写一个三十岁的广告公司女白领，结婚七年，婚姻状态亚健康，丈夫也没出轨也没干吗的，就是七年了有点痒痒。趁着丈夫出差，她跟着"80后"的小职员一起去夜店，居然在一夜之间遭遇了青春逼人的小正太和成熟多金的前男友的猛扑。女白领利用假期，在前男友和小正太之间左右逢源，等丈夫回来，和平分手，终于选择了与前男友重组家庭。故事的最后，前男友搂着她，小正太搂着小女友，前夫搂着自己的新女友，在同一个商场里邂逅，女主角感慨万千，就完了。

她讲完故事，我问她，你这剧本的主题是想鼓励三十岁的女人们勇敢地追求自己的第二春吗？她说是。然后赶紧补充说，这故事原来是写一个男人在前女友和小姑娘之间徘徊的故事。她不服气，凭什么左拥右抱的都是男人啊！本着女性主义立场，她进行了改编，最大的改动，就是对主人公性别的变换。

按照惯例，我叫学生们先发言。底下的男同学一反常态地激动，好几个人纷纷大摇其头，甲君认为"三十岁的半老徐娘还能有这魅力？胡扯！"乙君义愤填膺地说"结尾怎么能不惩罚她呢，这女的凭什么一拖三啊！"女学生也有愤愤不平的，觉得人家老公也没做错啥事，你凭啥叫你的女一号就开始蠢蠢欲动了？

站在台上的女生急了。她当真有山东姑娘的气势（参见《水浒》），1VS20地跟我们辩论。她说，凭什么不行呢？男的左拥右抱就可以，女的就不行？结婚怎么了，我不说她婚姻亚健康了吗？她没勇气离婚，骑驴找马，有下家了再离有什么不对啊？你们敢说你们自己碰上这情况不会这么想？凭啥我的女一号这么想也这么干了，你们就骂她？

事情演变到要吵架的地步，我就必须得说话了。我问她，你对三十多岁已婚女白领的生活有观察吗？你为什么不索性设计一个独身女性，一定要坚持让她已婚呢？

女生反问我，婚姻有那么重要吗？结不结婚有什么的呀？

我开始搬出老一套，跟她讲影视改编中的社会文化心理的"潜规则"。比如《越狱》里的犯人各个都是为了家庭才想要犯罪和逃跑，这样他们就比较容易赢得观众同情。这女生更疑惑了，她问我，张老师，社会现在不早成了我写的这个样子了吗？大部分女的不是因为找不着所以才凑合过的吗？你干吗非要我们尊重一个不存在的社会道德，那不是叫我们睁眼说瞎话吗？

我昨天身体不好，特别累。如果不是确定没怀孕，简直几乎以为自己疑似流产了。没办法，我站起来，跟她说，即使是你身边私生活最混乱的朋友，你问问她们，在看到一部简单纯粹情感指向坚定的影视作品的时候，会不会觉得美好和感动。那女生说，肯定会。但是那只是电影。我接着问，那你为什么不能做一个让你这些朋友感受到美好坚定纯粹的作者？她沉默。

我说，我不知道你从哪儿观察来三十岁的女白领过的是这样的生活。我认识的人有限，就说文学系的吧。三十岁的女老师有三个人，我们都已婚，还都没离呢。谁的婚姻生活是容易的，但你们宁愿要一个只要自己开心，就不管别人难受的自私女人来给你们教书吗？如果是这样的话，我今天就该回家睡觉或者去医院，而不是冒着零下十几度的大风天来学校给你们上课，对不对。

她不服气，急赤白脸地问，婚姻生活改变了你吗？

我回答，不尽然，起码我婚前婚后都不去夜店。而且无论我是单身、已婚还是离异，我希望我都是个对我自己和伴侣的感情都比较尊重的人。就算一段关系最后无法继续，起码我要为之努力。这是我的人生观。

总算下课了。她追着我去了办公室。车轱辘话说了老半天，我送走她，平心静气地想，我真有我说得那么纯粹坚定不自私吗？

答案当然是没有。

我没有我说得那么好。我只是希望我可以那么好。人性里头的那点微末的光芒还在，所以我希望我不会时时被自私愤怒吞噬。说来容易，做到太难。当然也必须得感谢这个学生，如果她不是那么较劲，我也不会认真问我自己，我是那个可以批评评判别人的人吗？

今早四点就醒，六点多起床，用了快两个小时才赶到电影博物馆，终于看了IMAX的《阿凡达》。剧情乏善可陈，我仍然不出意外地由影片1/3处开始掉眼泪。回家看到李承鹏评论《阿凡达》说："技术上中国电影落后五十年，人性上中国电影落后五千年。"我长叹一声，多希望我是昨天看的《阿凡达》。

如果是这样，我就会告诉我的学生说，有些事情，我们做不到，不相信，很怀疑，但是我们仍渴望。那就是我们为之努力的东西。难道不是吗？

二分烟月小扬州

博士毕业那年,我下定决心写无人问津的鸳鸯蝴蝶派。一方面是真的喜欢;另一方面实在是因为我这个人性格古怪扭曲,凡是人人都搞的领域,我就偏偏不喜欢往里钻,一旦少人关心少人问,我就眼冒绿光。

于是我做了"鸳鸯蝴蝶派与早期中国电影"这个孤僻古怪的题目。一整年里,我们学校两位顶有名的中国电影史专家分别忧心忡忡地告诉我,巍巍啊,这个题目很危险,你要小心。我那时已经九头牛拉不回来了,几乎一整年一个剧本也没写,穷到揭不开锅的时候,山东卫视和旅游卫视的两档谈话节目救了我,也因为这两档谈话节目,我意外地收获了几位朋友。其中一位,我们至今没见过面,事实上,我们应该根本不算是朋友。

这个人最早出现的时候,山东卫视的那档谈话节目正接二连三地安排我跟一名学马三立很像的相声演员一起搭档做谈话嘉宾。那位相声演员是天津人，我们除了一起上节目就再无交集。节目播出之后不久，有位说话有天津口音的男子打电话来电影学院，请我们小秘书给他我的电话号码，他说他是我的小学同学，小秘书王小勇当时尚无战斗经验，几下就被套出电话。很快我就接到了这个陌生的022开头的电话，电话里，这位大哥告诉我，他想写剧本，因为认识那位天津同乡，无意间看了两眼山东卫视的那个节目，就看到了我。节目里，我给人印象开朗热情能说会道且貌似善良爱帮助人，他走投无路，希望能找我帮忙，带他一起写剧本。

我当时就疯了。平生不会拒绝人的我用过各种方法推搪他，他倒是一直不屈不挠地跟我联系着，为了怕我以为他是坏人，他寄给我厚厚的一封信，不瞒各位说，这封信搞得像征婚启事，里面不但有身份证复印件，居然还有彩色个人照片一张！可我当时不过是个二十八岁的小编剧，博士还没毕业，我能有什么能耐帮助这样一个路人甲呢？所以我没什么良心不安，一次次地在接听他的电话之后尽量耐心地告诉他，我真的没法带你写戏，你看你要不要来电影学院念个进修班，我可以给你招生办的电话。终于有一天，他告诉我说，我想写电视剧，但是我念不起书，总有一天我要把我们天津的一个小说家的作品改成电视剧，我特别喜欢他的东西。

我听他说了几句，打断他问："是刘云若么？"他一下子愣住了："你居然认识刘云若？"

这下好了，冲着都是鸳鸯蝴蝶派的爱好者的情分也得拔刀相助了。我把他推给我远在苏州电视台的同学写栏目剧，谁知一个回合下来，我同学郁闷地问我，这什么人啊，写得那叫一个烂！这下我是真没办法了，只好尽量委婉地告诉这位兄台，可能你不适合干这一行吧。

此后他消失良久。2007年春节，我在海南度假兼写《伤情》，突然接到他的电邮，告诉我他接到了一个枪手的活儿，跟剧组，每集拿三千，已经写得脖子都要断了。春节过后，他又写来一封邮件，告诉我前一个戏的导演看上了他，叫他跟下一个组接着写。价钱涨到四千。我回信一律不超过三行，全是客气话。

突然晚上接到了他的电话。响了半天，我接起来，叫他名字。他愣住了，说："啊，你存了我的号？"

我一下子感到抱歉起来，什么时候，我连存人家的号码的耐心都没有了？

电话里，他还是一如既往那样没眼力见儿，张嘴也不知道问问我是否方便，直接问我："我不会写故事大纲，你教教我吧。"

我叹口气，拿出老办法，叫他去看新浪娱乐电视剧频道摸索学习。他听出我的不耐烦，急急忙忙地告诉我，他做枪手，活儿很多，现在已经八千一集，估计下个戏就能涨到一万，喜多瑞同他签了约，抽佣10%，但是他不满足于现状，他想做独立编剧，而做独立编剧的唯一法子，在他看来，就是能写靠谱的大纲。话没说完，家里电话响了，我赶紧挂了他的电话。

半个小时以后，我坐在自己的电脑跟前，用各种高科技聊天工具同自己的学生说着话。翻翻聊天记录，研究生抱怨作业多，本科生抱怨老师闷，已毕业的抱怨没活儿，快毕业被我发配去体验生活的抱怨制片人或者统筹傻。我跟我的学生们一样，聪明，骄傲，优越感满坑满谷。有一把手，我宁可伸给那些洗得干干净净白白嫩嫩的小孩子们，也不肯递给这位几年来在泥泞里折腾却一刻钟也没放弃的兄弟。有一刻，我特别想对着QQ群里的那些孩子们发脾气,后来想想,我凭什么发脾气呢?没搭理别人的那一位,不正是我自己么。

那位考了十年电影学院的内蒙兄弟最后也没考上。这位年已四十仍然不屈不挠想学写故事大纲的天津哥们儿还在到处推介刘云若的作品。我打开他这几年利用没剧本写的时间编撰的刘云若研究文稿,里面赫然是一句"十里鱼盐新泽国,二分烟月小扬州。这小扬州,说的就是我们天津卫啊"。

就冲着当年我那么喜欢《小扬州志》却最终也没有抽出时间读完,我就不该再觍着脸跟人说我写的是鸳鸯蝴蝶派的博士论文。

对着人家写来的邮件里那句"谢谢你对我的帮助,你是我的老师",我真是一句话也说不出来了。

明日之歌

《杜拉拉》播完了。喧嚣扰攘,终于统统都结束了。

首先跟大家坦白,没有任何一家影视公司或个人因为这个戏来找我。我没红,没涨价,本来的片酬也不高。合作了好多年的老板一个大纲跟我磨了九个月,磨到我生生翻脸,众人都说这是因为我红了,所以心态发生了变化。我起初还各种辩解一下,现在也懒得解释了。就一句话,我还是我。入行十年,每次涨价都是以年薪乘微小的百分之多少的方式进行的,各路白领朋友们肯定很熟悉这种方式。那种传说中的坐地起价,今年五万明年十万一集的美好奇迹,迄今还没发生在我身上。我仍然不拖稿,不赖账,不好意思跟人谈钱,不愿意接不适合我的剧。入行前五年认识的人纷纷传说我是个强势的很不配合的编剧,入行后五年认识的人传说我只能写偶像剧,关于这些江湖传言,我只能说，只要江湖还有关于我的传言，就是各路大佬给我面子。

入行十年，最不顺的就是2005年和今年。如果要搞封建迷信的话，我怀疑是不是真有"逢五一衰"的讲究了。2005年我跟前男友分手，独自搬家，抑郁症，天天想着割腕跳天桥，从年头到年底11月没有写成任何一个戏。今年我手里一共三个电视剧一个电影，每个在开始阶段都号称要快速推进非我莫属，但是磨着磨着就成了折磨，到现在为止，我统共拿了5%定金，张家铺子基本可以算作是半年没开张，生活用度全靠吃老本和卖小说版权。也幸亏今年身材不好，不用买衣服买鞋，各种化妆品都不敢乱用，倒是开源节流。但是反过来想想，2005年我博士毕业，因为分手开始拓展新生活，才认识了现在老公和好几个现在的好朋友，一年没写戏，但是年底接了《梅艳芳菲》，最后结果如何山寨不谈，起码是个大制作。今年虽然各种工作推进得不顺，但是被诊断为不孕的我意外怀孕，八个多月了没病没灾，体重长了十八斤，脸居然没怎么大变，妊娠纹一条没长。《杜拉拉》播出，说好说坏的人都超过了我以往任何一个戏，搞不好，超过了那些戏的关注度总和。收视率虽然不能跟《媳妇》《纪晓岚》这样的戏相比，但是卫视的单集破八，对我个人而言，已经是个巨大的成就。校内上竟然有人转载杜拉拉语录，我仔细看了看，很多都不是李可原创的。如果将这个看作是我十年编剧生涯的总结，我只能说深感荣幸，与有荣焉。

所以兜兜转转，又回到了这里。依然在路上，依然是战士，依然需要打不倒的小强精神，说句不怕酸的话，依然怀抱梦想去生活。昨日之日不可留，今日之日多烦忧。幸亏还有明天。

那就这样吧。且待明朝。

认

离婚前，反反复复拿不定主意，跟一个朋友说，每次看着才三岁的孩子，真想就这么凑合过下去算了。可是怎么也找不着那个"认了"的感觉。他问我，什么叫"认了"？我说，就是从此以后，再不开心也不折腾了，不再对更好更美更幸福的生活怀抱期待，就这样平静地过下去吧。我想来想去，还是没法认，那个"不认"简直就像一根针戳着我，如鲠在喉，不吐不快，最后我还是离婚了。

每天都有无数的心灵鸡汤宗教人士心理医生在朋友圈一遍遍刷屏，教育我们不能改变世界，不能改变他人，只能改变自己。幸福只在一念之间，只要不计较，万般皆自在。我也跟自己这样搏斗了好多年，后来发现幸福也有贫困标准线，在底线之下生活，再怎么麻木自己，不快乐跟饥饿感一样还是会在临睡前袭击你，让人百爪挠心辗转反侧夜不能寐。我没法认啊，我也是人，我有基本需求，我需要体体面面生活堂堂正正吃饭按时按点睡觉，你非让我"认"，那遗憾如深渊如恶魔，在每个阳光的背面时不常地跳出来吞噬掉每一点健康快乐。不不不，我不认。

大学时代逛图书馆，有天无意间看到一本亦舒的《流金岁月》，一个周末什么也没干看完了。故事到了快结尾的时候，看到蒋南荪大女未嫁，一个人形单影只地去了英国，无意间邂逅了一个养狗的男人。如果没记错，应该是金毛吧。亦舒用的形容词是"温和"，人和狗一样温和，蒋南荪就这样得到了一个好归宿。合上书，长舒一口气，那份畅快，就是"认"吧。

还有《桃花红》里的混了黑社会的老三。小说的结尾，七个爱恨情仇纠缠一生的姐妹们分散了，老三在生命中年才认识的男人的车上，疲惫踏实地睡着了。黄碧云那样一支暗黑刻毒的笔，竟然难能可贵地写了几百字的温情。她写那份人到中年的了解与不容易，我读过十几年仍历历在目。那也是"认"吧。

三十五六岁之前，总觉得自己是文艺少女病害了一生，所以才会人到中年仍然不肯脚踏实地生活，总还在渴望那些莫名其妙漂浮不定甚至很难用"爱情""愉快""富足"简单概括的感受。现在想想，我一点也不文艺，我毕生都在追求"认"的感觉，就像一个国家应该为自己的人民追求基本的法制、民主和吃饱穿暖。

三十七岁到来之前，我想理直气壮地告诉这个世界，是的，我挺好的，我要求不低。对我不好，我不认。从今以后，我不会随随便便地把自己托付给一个陪我打发寂寞的男人。我要一个我能认的，我肯认的，配得上我的认的男人。

就像一只考拉认一棵桉树。就像一只小兔子认一只大兔子。哪怕像彼得终于在鸡鸣前认主，索多玛留下它的盐柱。

这是我的爱情宣言。我才懒得告诉全世界。

赤子

赤子之心是最大的福祉。

年年六一,我都这样给我的朋友们发短信。今年没发,不是因为怀孕就打算自绝于人民了,而是忽然觉得形式主义的问候意思不大。既然我们都是赤子,当然是想发就发,不想发就不发,来去随心,这样才好。

年年六一,我都要形式主义地过个节。前些年派胖同学给我买过各种棒棒糖,上过广济寺,跟各路"85后"组织过钱柜半日游,到了今年,我的过节方式是替两个即将毕业的2006级学生看剧本。他们明天答辩,我今天友情模拟一次,以缓解两位加起来四十来岁的同学们的焦虑之情。

这两位之中,一个是我辅导的巨蟹男,一个是我同事辅导的天秤女。我另外辅导了一个台湾来的美眉,这位美眉在本科后期成了虔诚的基督徒,于是整个的辅导过程变成了福音传播,我最后被吓得完全不敢催她交剧本。

巨蟹男和天秤女写的都是亲子题材。一个是母子关系,已经长大的儿子希望能替母亲摆脱被舅舅宰制的命运,却突然发现自己不知不觉地替代了舅舅的角色。另一个简直是一个寂寞少女的心灵史,除了台词稍显文艺,从一开始那些密密麻麻的细节就让我几乎透不过气来。

我很少看到这样的学生剧本。技巧当然还需要磨炼,剧情漏洞当然也是有的。台词的问题也蛮大,一个是啰唆,一个是文艺。我之前当然也看过许多更成熟的学生剧本,写中年危机,写老年空巢,写小男孩或者小女孩。但是这两个2006级同学的剧本,都给了我无比巨大的震动。怎么说呢,我觉得我是经由他们的眼睛出发,重新看了一次我所不熟悉的少年人的生活。而且,最重要的是,他们的剧本里,除了少年人的感受和自说自话,还有对上一代的宽容、爱、甚至是悲悯。

真的,是悲悯。爸爸打我,爸爸再婚并且生了弟弟,爸爸把我丢给爷爷奶奶;妈妈跟了个黑人,黑人已经结婚且并不打算跟那许多个老婆分开。少年真是无比寂寞的时分,我们的父母们并非坏人,他们小心翼翼地试探着想要接近我们甚至是讨好我们,但是我们那颗坚硬柔软千疮百孔的心啊,早就满目疮痍了。他们不是我们的爸爸妈妈吗?他们怎么会,同时也是一个男人和一个女人呢?他们为什么也那么软弱那么糊涂那么不守信那么不可依靠呢?他们什么时候开始老了?真要命,他们居然还是爱我们的,正如我们也爱他们。

这两个同志哥的剧本最后无一例外地统统走向了和解。激烈的折腾过了,一家人毕竟还是一家人。血还是血,爹还是爹,娘还是娘。放了他们一马,也放了自己一马。长长的铁轨,荒芜的街道,两个少年各自走向了生命的又一程山水。

真可惜我不是他们这一届的答辩老师。否则我一定要说,这真的是我看过的最好的那一种剧本,跟技巧没关系的那种好,跟题材、商业卖点统统没关系的那种好。在看过那么多冷漠的事不关己的所谓"残酷青春"的剧本之后,突然读到悲悯,读到对自己、对别人,甚至对整个世界的怀疑和和解之路,如果这都不算爱,还有什么算。

赤子之心是最大的福祉。祝所有的朋友们,六一快乐。

不必相送

中欧毕业典礼。在硕士毕业十二年、博士毕业九年之后，我拿到了人生第二个硕士学位。大屏幕打出同学们的亲友团，我使劲地冲一群我压根没见过也不认识的人们招了招手，然后，猝不及防地，鼻子酸了。

我是一个人来的。这竟然是我自己选择的。

过去两年里，曾经支持我考试上学的那个人，如今已后会无期。无论如何，仿佛应该说声谢谢。但实在太过矫情，不如沉默。未来会在我身边的那个人，此时应该正在他的前情提要里奔波。来去之间，岁月无端倥偬；去留无意，人生几度秋凉。我始终，依然是，一个人。

不不不，我要说的其实不是这个。三十七岁过了小半，我连朋友圈里抒情都开始犯懒。谁的日子又是完美的，我过得没什么特别不好的。我想说的刚好是相反的另一件事。

昨天的毕业晚宴,大家高高兴兴、平平淡淡地就散了。吃了喝了,聊了聊天,互相问问近况,推推杯换盏盏,刚刚九点就纷纷撤退了。所有人都是乘兴而来、兴尽而返,连我这样的好事之徒都没觉得有什么遗憾,一群人,就这样平静地散了。

我们班仿佛一直是这样一个奇怪的班级。并不紧密,却很亲密。作为一个一生都在渴望炽烈感情的重度缺爱者,我起初非常不适应这种环境。两年下来,却心满意足觉得刚刚好。他们和她们教会我一种我从不了解的成年人的成熟感情——不必更近了,所有的烈火都只会带来温暖过后的灰烬。有一点点红泥小火炉的暖,有一点点绿蚁新醅酒的温,来了坐下喝一杯,走就走了,千山独行,不必相送。反正,总会再见的。

那真的不是传说里完美的感情。不是霸道总裁,没有玛丽苏。每个人都相信你是一个独立的圆,在这个孤独的尘世一定可以按自己的轨道运转,你不需要寻找一个缺角,你更不是谁的缺角,他们淡淡地、保持一点距离地提供友谊和感情的给养,并且鼓励你也这么干。如果他们是爱人,那简直不必期待飞蛾扑火倾城一笑的传奇,但是,你可以期待稳定、适度,就像一个干燥晴朗的城市,就像没有雾霾的北京。

那曾经是我深深痛恨的、中年人的感情。可他们和她们教会我,一个人其实也可以生活。实际一点不是坏事。持久的三十七度比高烧健康。要学会对期望妥协。要学会放弃一部分期待。要明白,那他妈的竟然不是什么了不起的坏事。要学会接受,再学会放开。

那过去的青春,不必相送。接受自己已经是个中年人,接受伴侣永远不完美,接受孤独其实是人生的一部分,接受朋友和爱人一样,都只是某段旅途的玩伴。而旅途，总会结束。

　　不必相送了，就这样告别了孤独的青春期、孤独的思春期，走进孤独的中年。尽管我仍然满心恐惧。然而高山青、绿水长，我的朋友，都已在路上。

触不可及

很久很久以前。

我当时有一个感情很好的男朋友。有一天我们约好了一起去吃饭。餐厅坐落于一间豪华的 Shopping Mall 里面，要穿越几间当时看来非常高大上的店铺才能走到。我们手拉手一起朝里走，忽然我走不动了。一只非常抢眼的红色的手拎袋占据了我全部的视线。我拿起手袋，站到了镜子面前。好看。再翻翻价签，价钱也非常好看。那段时间似乎有差不多几个月没收到任何稿费，那只手袋美则美矣，但是只能手拎没有肩带，似乎并不实用，而且很难保养……当然，最大的缺点就是贵。买，还是不买？我站在那只手袋前面，简直瞬间有了类似痛苦的体会。

男朋友很 nice，主动问我，要不然我买给你吧？我赶紧连声谢绝。花男人钱是多么高级的能力，我一直就没能掌握。为了表明我是真的不想要,我拖着他快快地走掉了。

两个人一起进了餐厅。点了餐。吃到大半,他说要去洗手间,我当然说好。他走了,我拿勺子百无聊赖地戳着一只蛋糕洒满豆蔻粉的表层,看看表,咦?他好像去了不少时间嘛?洗手间就在旁边,他为什么朝着那边走过去了,难不成他是去替我买那只手袋了?

这念头一起,那张椅子迅速变成了针毡。半个我感动得要死,半个我汹涌澎湃地盘算着明天要赶紧偷偷给他买个什么价钱对等的礼物。等会儿我要怎么说呢?"谢谢你,不止为了这个包,谢谢你照顾我的感受,观察我的喜好和窘迫?"还是"亲爱的,我们去把包退了吧,你愿意买给我我已经非常感动了,可是它真的太贵了"。也就那么三五分钟吧,默默地,这颗心何止是计较与飞驰,我恨不得编了足半集电视剧的台词。并不是没有见过好东西的人,只是因为少有男人会这样在意我究竟喜欢什么。偶尔碰见一次,简直不知道要怎么剖肝沥胆地表达感谢才好。

蛋糕戳成了蛋糕泥,他回来了。空着手。看见我茫然的眼神,他问我,你怎么了?我刚才有点肚子疼。你没事吧?我连忙点头,没事没事。脸都涨红了。

回去的地铁里,我一直沉默。心里骂了自己大概足有三万六千声:"张巍巍,你丫到底在想什么?有什么可失望的?有期待本来就是你不对!咱们打小不就是想要什么自己去买的吗?你差点就闹了笑话知道吗?"

没有人辜负我,是不该有的期待辜负了我。明知道委屈是不对的,但是深深浅浅的、到处密布的都是没处说的委屈。一个手袋值不了什么,但如果是他买给我的,那这顿吃的就是蒂凡尼晚餐,可缔金玉盟。

可惜就是没有。除了我的傻乎乎不成熟的少女心，没什么可埋怨的。

这是个很久很久以前的故事了，久到我昨天去看《触不可及》，被蒋勤勤的那几场戏突然唤起了这段回忆的时候，简直没能力抵挡这回忆里几乎相同的委屈。

我特别不好意思告诉我两个编剧师姐，我实在没办法代入女一号和男一号的感情生活。因为我几乎第一秒就自我代入蒋勤勤那角色了。

蒋勤勤的那几场戏写得是多么好啊！甫一出场，闺密好心介绍男人给她。男人生硬的拒绝近乎于不客气——"对不起，我不会照顾人。"蒋勤勤说："孀居七年，我不用人照顾。"是骄傲，也是体贴。接下来，她请对自己心不在焉的男人送自己回家，借着黑暗告诉男人说："如果我不是你的佳人，请别让我有非分之想。"她明知道她不是他的佳人，那几句话，哪是警告他，明明是警告自己，再往前一步，就是自尊心的粉身碎骨，七年孀居，怎么不明白这一脚踩上去就是人家的棋子，更何况，明明他爱的是别人。

不知道谁占了更大的便宜。表面好像是她平白抢了人家的男人，那男人有里子有面子，是个善良的厚道人，就算不够爱她，也不会让她吃大亏，所以她才会在去台湾之前说"谢谢你给我最好的三年"。我被男主角气得在那一瞬间差点就拍案而起了——这电影的副标题是《女孩，你不能太懂事》么！凭什么呀！就因为那一点点不该再有的盼望，不能自主的喜欢，这种不需要人照顾的姑娘就必须得自己处理自己的内伤么！

到底谁触不可及啊？到底谁跟谁一步之间却永远没法上前？他永远活在对别人的回忆里，所有的余生相伴都不能抵挡他要跟别人合葬立墓碑。我要是蒋勤勤，简直恨不得破口大骂孙红雷："他妈的我虽然不是舞蹈老师，可我的探戈跳得也不错！"

全场的人都在为桂纶镁流眼泪，我被蒋勤勤虐得一肚子内伤。

爱情是他妈的什么狗屁玩意儿啊，尤其对特别会照顾自己的女人来说。

简直不能有期待，爱多一点点，就碎多一点点。

被我俩师姐几场戏写活了的蒋勤勤，才是一个女人的史诗。那些贪图，那些付出，那些值得五十集电视剧的爱与苦。

隔着一个银幕，我多么想要跟这个只有几场戏的女人，握一握手。

这辈子 活得
热气腾腾

∴

Part2
没有无聊的人生，
只有无聊的人生态度

你所获得的永远在你付出的时候才能得到。且不一定是一比一关系。但是它需要你相信。总有些东西，是值得我们为之努力、坚信不疑、热血沸腾、百折不挠的。用文艺妞儿的话说，当你找到这些，方能见到生命中的莲花开放。

慢慢来

我一直是个急性子。

真的，特别急，除了打小体育不行，跑步跳远打球一类都慢吞吞，其他干什么事情都快，说话语速常常快过脑子；写剧本不拖稿也就算了，大部分时候是我催制片人快点审稿快点结账快点开始下一部剧；当老师了，是我催着学生满世界交作业写作业再写下一个作业。无论是上课还是开策划会，甚至平常交朋友，我都特别讨厌慢性子的对手，谁磨磨叽叽我烦谁，心里吐槽千万遍：十二星座您是不是第十三个出来的，天龟座！

我一直觉得我这样挺好。起码没什么不好，张爱玲不是说了吗，出名要趁早，晚了连快乐也没那么痛快。我深以为然大大点头，是啊是啊是啊，除了成名，最好一切都要趁早，青春一旦不在，要别的还有什么意思？不过都是下坡路。

于是我追着赶着跑着，二十八岁拿了博士，二十九岁半结了婚，三十岁评了副教授，三十三岁生了儿子。我干什么事儿都生怕比人家慢，人家有的我也要有，起码不能晚太多。二十八岁的时候以为自己大龄剩女了，焦虑得团团转；去年有两部戏写好了没开机，我指天画地对准东风当自嗟得就差没请巫师作法了。除了这些，朋友圈里那么多别人去过的地方我还没去过，什么巴西古巴南非北极也得计划起来啊；还有好多人生经历比如结二婚生二胎傍大款嫁老外我还没干过呢，再不干可真都来不及了。

于是我一路奔波，风尘仆仆，累得贼死，收获甚微。

一点不夸张，这就是我。

2013年还剩最后不到一个月，我三十六岁半，有几个戏突然接连要开机，却一个剧本都没写完；签了一个小说要交稿，根本没有时间弄；报名要参加出国培训，还有五天要去考英语，除了背诵几个单词，我好像什么都没准备。早上洗澡的时候一想到这事儿，简直恨不得去跳楼，镇定了半天才想起来问自己，我是为什么要报名出国的来着？是因为别人都去过了。

别人都干过的事儿，我也要干。我这不是神经病么。

小学一年级的时候，周围的孩子都是七岁，只有我是六岁。上课老师教用铅笔写名字，我的名字笔画多，怎么也写不完。老师上来问，我就急哭了。三十年过去了，我还是那个动不动会因为别人做到了我做不到而急哭了的小朋友。

那些之前用"好强""好胜心"包裹的脆弱，在太阳底下一晒，满满当当的全是恐惧。害怕跟别人不一样，害怕不如人，害怕被谴责说：喂！为什么她们可以做到而你不行！

是的，我就是不行。我就是没办法好好地按部就班地结婚，也没办法按部就班地离婚，我经营不好一段感情关系，当妈妈也当得一塌糊涂。我没时间学英语，也许我根本就不该报名考试去；我剧本可能要拖稿了，也许我就此就是别人眼中的失败者，我的人生就完蛋了？

我为了怕被人同情，之前是个多么努力的小朋友啊。全部人生简直就是李宗盛的一句歌词"我怕来不及，我要抱着你"。可是抱着什么都抱得住吗？爱都是枉然，难道就不该爱一场了吗？

我怕来不及，已经来不及。

反正来不及，我想慢慢来。

是的，我是个失败者。可那又怎么样呢。

我接受我是个失败者，这样会不会帮助我在太阳底下，慢慢呼吸。

关于过去，
关于未来

2009级的女班长发信息给我说，巍姐，系里要你给我们写一个毕业寄语。几句话就行，要手写，我们扫描。

我是一贯性不靠谱加不着调。当时几乎是想也没想就说，一两句话那种励志的句子我可不写，假兮兮的。要写我就写长的。这话说完我就心里一沉，得，虽然我没有"百忙之中"，但是少说也有八十忙，果然我很快又光荣地给自己找到了第八十一件不得不干的事儿。

事归事，但并不是破事儿。留校十几年，头回当班导师，说实话，干得一般。如今眼见自己的学生要毕业了，写篇文章，简直是所有我应该干却没好好干的事情里最小和最没用的一件。招这个班之前，一直颇以"好老师"自诩，带了四年班之后，类似的大话再也不敢说了。不得不承认，我跟我的二十几个亲手招进来的学生好像通过长达四年的互相努力，终于达到了一种相对理性的师生关系——非常近似于我听说过的那种传说里的普大的师生关系——貌似彼此不报太高期望,所以也绝不会特别失望。不走近,所以不亲密,也不伤害。陈绮贞唱《表面的和平》,李白说"相看两不厌",估计都是这意思。多么庆幸也多么荒谬,我跟我之前十几届教过的别人班的学生们都没达到的境界,居然跟我自己亲手招来的学生达到了。照这个轨迹发展下去,估计未来二十年你们同学聚会的时候,我恐怕不会成为其中任何一个人的谈资。说真的,遗憾,有那么一点点。

你们是我带过的第一拨"90后"的选手。之前的"80后"叫我姐姐,你们也叫我姐姐。姐姐的青春在你们的青春里呼啸着就不见了,姐姐其实是非常惶恐的。招你们的时候我三十出头,意气风发地跑去招生,面试时候条件最靠前的只有一个,要"喜庆",那种动辄仰天长啸悲伤逆流成河的文艺范儿孩子招得真不多。招完了之后开玩笑,说:"一个班的喜羊羊,就我一个灰太狼。"四年之后,回头看看,还真是一语成谶。身为一个总是被隔壁班的红太狼拍平底锅的选手,我能送你们什么话呢?简直只有失败者之歌。

然而我始终记得那些温暖的时刻。刚入学的头一年,QQ群里有人说,我们支持地球一小时吧。并没几个人答应。可是一到八点,我目瞪口呆地看见整屏的绿头像统统灰掉,最后一个说话的人是曹晨还是刘婷婷?我记得最后一句话是说,走,我们去操场上逛逛。云南大旱的那一年,各处都捐矿泉水,我突发奇想号召大家捐头猪给小朋友们做红烧肉,应者寥寥,最后钱收上来,足足也有小半头猪。豆瓣上从来没热闹过,QQ上聊得也不算多,但是凡是给你们上过课的文学系老师,每一个都跟我夸过2009级剧作班。我不敢说我有父母心,但是要说我不骄傲,那也是胡扯。

一共十九个大陆学生，一年级就退学走了一个。二年级结束，韩国同学又默默地闪了一个。台湾来的简姐姐本来就有本科文凭，居然还是坚持到了最后，送她俩字，难得。剩下的人里，我知道的，有颓了的，有爱了好几轮的，有各种折腾的，还有到现在都没想清楚以后要干吗的。渐渐地都越来越沉默，我问什么也不多说，但是人人还能跟我笑。

能笑就好。

你们进来的时候我就说过，编剧是世界上最最孤独寂寞的职业之一。不是特别喜欢，最好别干。现在看来，这话说得很是矫情。编剧就是个职业，跟世界上所有其他的职业一样，你选择了，能喜欢当然是最好。不喜欢，也不一定就不能干。只不过一个人尊重他的职业选择，熬个五年十年的，基本都会有点小成就吧。但是这点小成就是用什么换来的呢？我们这样的职业，半只脚踏在演艺圈，浮华背后，怎么可能不为名利所苦。人在北京，用的却是西雅图或者罗马的时差生活，晚起晚睡，三餐不一定几点吃，一天也不一定能吃几顿，基本要不了三年，颈椎腰椎统统坏掉，干眼症是家常便饭，几乎没有人能不在爱情和生活里跌跟头，因为爱情和生活跟我们在他妈的电影里看到的根本就不一样。

是的。真不好意思，按照之前的经验，如果没有大的意外的话，我现在把你们送出去，大部分的人过的就是这样的生活。这实在太不励志了。当然还有一种情况，就是以上的事情都没有发生。那我基本也可以断言，这位人生幸福平稳安定的同学肯定没有选择当编剧这条路。当然你们也有鲍鲸鲸师姐这样的优秀范例。问题是这么多年我们也就出了一个鲍鲸鲸。

几乎所有的恋爱宝典都教育我们，在一段关系里，凡是太过辛苦的，统统都是强求。那么我们究竟是为了什么非要死乞白赖地当个编剧？小时候作文好？高考比较容易？电影学院帅哥美女多？有了署名作品之后薪水比小白领高？不用按时上班打卡？伟大光荣的演艺圈混着比较 high？

我今年三十六岁了。我也是二十二岁本科毕业入行的。这样的问题，十几年来，每隔几个月必然得问自己好几回。答案一变再变。为过挣钱。为过虚荣心。为过不会干别的。为过成就感。为过不想输。为过表达欲。为过很多很多不想辜负的别人的期望。

最多的时候，是为了喜欢。虽然跟世界上所有的感情一样，这样的喜欢也同样会消磨，但是真正的喜欢，确实可以抵挡很长很长时间。在那些孤独苦闷抑郁不被了解没人知道的时刻，在那些仿佛永远也没办法结束的寂寞的夜晚和清晨。真的喜欢，是可以帮我们抵挡一下的。如果反正都是要消逝的，做一个写字的人，以写，抵抗遗忘，抵抗不被了解，抵抗孤独，抵抗被成功或者不成功吞噬的生活，对我而言，是一种莫大的运气。

所以我只有一个愿望，希望你们能够找到足够喜欢的东西。不一定非得写戏拍片子，不一定人家干的事儿你就非得干不可。人世间何止千百条道路，在最终归去之前，不要相信任何一本人生指南。可能的话，保有善良。可以down，不要颓。喜欢谁都是对的，别伤害自己。少伤害别人。

大概就是这样，我自己也不是成功人士，没法提供成功经验。而且励志赠言写成这样，我觉得要不我还是手写一个"天天向上"的条幅供班长扫描得了。这一篇，就算独家赠言，班主任的私房菜，卖相太难看，咱就不给别人了。

最后附赠一个小秘密，"八十忙之中"的张老师为了写这些字，公然在西班牙教授的课堂上打开了电脑。我算了一下,教授大概每隔两小时敲打我一次,在远离你们生活的另一处里不得不当着坏学生的我,觉得其实这样的人生也很有意思。

各位,祝精彩。多保重。

和自己相逢

2002年还是2003年，我在中戏上博士。我的导师叫我去给中戏高职的孩子们上外国电影史，我那时候跟当时男友刚买了人生第一套房子，装修期间租了一套木樨地附近的房子，每周打车去南二环上课都感觉自己出了北京，其实无非逛了圈红桥市场。穿过熙熙攘攘的人群和鱼市小贩，我给他们和她们讲费里尼、小津或者伊文思。分手那天，上课的讲台上放着一朵非常可疑的花，胡乱插在听装雪碧还是芬达的罐子里。我说了一句当时大爱的特朗斯特罗姆的诗——"我来这里是为了／和一个举着灯／在我身上看到自己的人相逢。"好像很多人鼓掌，下课以后有个男孩送我出去打车，走了很远很远。

2004年，我博士快要毕业了。打定主意做个注定没人搭理的论文方向，不管不顾所有人的劝说，非要写鸳鸯蝴蝶派不可。情人节那天电影学院面试，我从荷兰回来，带了巧克力送给全系男老师，顶替另一个新婚的男老师面试。大家都以为我是铆足劲积极表现，只有我自己知道，一段感情即将走到头的时候，我根本没有我想象得勇敢。我怕到不敢回到装修好的房子里去，因为知道没有人真的会想跟我过情人节。

那个情人节，我们招了极光。我天生脸盲症，对他起初毫无印象。他上了我三年课，回回坐在第一排。我一直都没有跟他很熟，在所有注定的缘分里，我好像起初都是被动的那个人。2008年，他毕业了，找我辅导论文和剧本，那个名叫《地铁五号线》的故事，后来成了他第二本小说的雏形。论文答辩结束，我们去簋街吃了一顿通乐，四个孩子请我，花了三百多，我心里有极大的惶恐，觉得贵。毕业以后四个孩子风流云散，只剩下极光。

我不记得我们怎么就熟了，就像不记得后来怎么就慢慢地疏于联系。总有那么两三年，他就像我娘家兄弟，参与我所有的悲喜。我对他不算特别厚道，拿着姐姐的架势，又忘不了老师的本分，没事就爱挤对他不努力，一辈子当个富二代有什么出息，何况咱家也不算真的大款。

那时候年轻，没能力包容所有的不一样。也压根不懂得所谓"价值观正确"这件事，在成长的轨迹里，啥也不是。而成长是一辈子的事，至死方休。极光脾气好，容忍我一次又一次，陪我度过最多最多寂寞的岁月。而我呢，去成都出差，陪当时的老板在宽窄巷子的酒吧里喝白开水，半夜一点接到他打来的电话，穿过喧嚣的人潮，挤到暑热的九月夜里，听着他跟我讲那些一脚深一脚浅的心事。我热，汗密密地钻过衬衫全贴在身上，远里近里全是寂寞和怕寂寞的人。我忽然厉声断喝："分手吧！那么不快乐，还纠缠什么？"

真不知道是喊给谁听的，半条街都有抬眼看我的人。男人和女人，中年人和少年人。都有。极光默默收了线。又过了没多久，听说他恋爱了，很开心；失恋了，很伤心。

听说他真的非常非常伤心，以至于写了本小说叫《我终于可以不再爱你了》，莫名其妙地就红了。有无数我认识或者不认识的影视公司大佬们每天跟他琴瑟和鸣，我们约着在工体吃顿饭，时间紧到必须卡着秒表。再后来，连吃顿饭都很困难，我觉得很快我跟他就会在各种编剧的局上社交性地碰杯，礼貌地会谈，不过脑子地询问彼此近况。不是不为他开心的，当然，也有隐隐的心酸。

他应该没有他看起来那么开心吧，就像我一样。向着成名成家的金光大道狂奔而去，不一定能让一个怕寂寞的人那么满足吧？然而寂寞永无餍足，喝酒不能解决，赚钱不能解决，找人陪伴不能解决，甚至结婚生子也不能解决。

于是他写了这本新小说，名字继续矫情，叫《我最亲爱的你过得怎么样》。叫我写序，我不会。因为我一点也不爱这个狗血的跟爱情没半毛钱关系的故事。可是我爱他。

我想了很久要怎么帮他写一个声情并茂的序言。后来我放弃了，我觉得我这篇基本跑题的文章估计很难被他放在书的第一页了。但是我答应他了，我还是要写完。

我跟极光都喜欢《东京爱情故事》。极光拿莉香做女主角的名字，写了第一本小说；我过了很多年才想通，莉香跟完治分手是多么聪明的一件事，再爱，不合适，爱终必在将来的某天狠狠摧毁彼此的精神和肉体。

从某种意义上来说，这个故事就像另一个变形版的东爱。只是没有那么爱，只是坦白了彼此的自私。只是尘归尘，土归土，青蛙不能娶公主。从技术层面，我会劝他从今以后顶多是继续谈情，勿涉家庭伦理剧范畴；从情感层面，我仍然理解他想要表达的那些东西——对于现代都会男女来说，最好的爱是不迁就、不委屈、付出回报基本公平合理——出来玩的，我消费得起我就消费，我消费不起我就不消费。从某种角度来说，爱都是没结果的，要不磨灭在寻常日子里，要不夭折在新人辈出里。我们无非都是清醒着醉一场，喝大了才有勇气明知没结果仍然要哭着嚷着奔向未来日子。醒来当然头疼难忍，但是下一次，仍然忘不了那最初荡人心魄的微醺。

每一场爱情，都是为了举着灯，和自己相似身影的人相逢。喜相逢过了，就别怕伤别离。我们多么勇敢，我们多么羞怯。我最亲爱的你，感谢你来过，感谢你照亮。感谢你走了，感谢你记得。

太太万岁

这本来是个看来的、身边朋友的故事。

那时候我刚二十啷当岁,身边有对挺亲密的朋友。他们的家曾经是我最爱去做客的地方,因为冰箱里总是有各种美食,家里面积虽小但布置得浪漫温馨,妻子温柔丈夫体贴,他们是我对《甜蜜的家》这首歌的注解。但是有一天,他们突然抛家舍业地双双出国进修,理由是"要过上更好的生活"。一年多以后他们回国,我目睹着他们换房子、换车、换工作,忙得根本不着家,我不知道他们有没有过上更好的生活。我只知道,作为朋友,我一直自私地怀念着几年前的他们。

这个故事在我心里藏了起码得有五六年。中间我给好几个影视公司的制片人都讲过,说我想写一对海归夫妻的故事。他们不约而同地问我,"这个故事的卖点是什么啊?"我总是被问得莫名所以又怅然若失,对啊,卖点是什么呢？两口子闹别扭？谁家没闹过别扭啊。海归创业？写到最后也就是俩小打工的，有什么惊心动魄可言呢。婆婆媳妇小姑子的家庭矛盾？那我这故事未免也太和谐了。精神出轨？现如今就是真出轨了也不算大事，精神跑偏能吆喝谁买呀。

就这样，我自己把自己默默地否定了一次又一次。直到去年，我突然在完全没有计划的情况下怀了孕，而这一年，三十三岁的我迎来了自己入行十年来的第一个全国几大卫视的收视冠军作品《杜拉拉升职记》，出版了自己的第一本被定位为"畅销书"的小说《狂奔的左左》，作为一个奋斗了十年的小编剧，我突然也有那么点媒体曝光率了，也能有机会参加几个发布会座谈会研讨会了，也有好几家听起来特别吓人的大公司主动上门联系我了——可、是、我、去、不、了！最抓狂的时候，想到我这三十三年来一成不变的生活就在几个月后的某天会因为某个婴儿的啼哭而突然改写，我就恐惧得不得了——一方面，我的岁数不年轻了，孩子已经是个迫在眉睫的话题；另一方面，我的事业正在传说中的"上升期"，我没觉得我做好了生孩子的准备。作为一个成天闷在家里写字儿的女人，到时候孩子哭了闹了，我还怎么写？可是就这样不写了，几年后等孩子大一点，江湖上还有人知道我是谁吗，我又不是张柏芝，难道还妄想复出吗？

就这样，肚子一天天大了。我一边纠结着，一边顶着家庭的压力，在力所能及的范围里参加了所有可能的《杜拉拉》的宣传。怀孕二十八周的某天，我坐着飞机去上海，一路上全是气流，我紧紧攥住扶手，忽然间明白了我这个故事的"卖点"是什么。我要写一个在婚姻和自我中寻找平衡的女人。我要写一个在职场和家庭中寻找平衡的女人。我更要写一个在生孩子和升职中间寻找平衡的女人。这个女人不是杜拉拉,她没有任何宝典、秘籍;她没有男领导的青睐,没有好到不行的狗屎运,她只是个平凡又不平凡的女白领,穷尽了她身上所有的可能性,来寻找一种让生活过得不那么艰难的方法——然而,生活永远是艰难的。她尽了最大努力,希望成为一个负责任的母亲、一个讨人喜欢的儿媳妇、一个让父母放心的女儿、一个令老公满意的妻子、一个让上司觉得靠谱的员工,可是无论她怎么努力,生活就是按下葫芦起了瓢,计划永远赶不上变化,变化永远以你意想不到的方式出现,作为一个女人,你最后所能做的,也只有"时刻准备着"。

这本来是个别人的故事。但是写着写着,就成了我自己的故事。在这个故事开始之前,请允许我为这些已经不再年轻的、为了自己和家庭一直战斗着的职业女性们轻轻喝一声彩。

太太万岁!不是吗?

优秀的女人是没有好下场的

标题党。

不过这话不是我说的,说这话的是杨澜。她身家过亿,年纪轻轻就是央视女主播,后来去了美国、拿了名校学位、凭了海临了风、嫁了大款、办了电视台,连孩子都生了不止一个,她说这话,应该还是有些立场的。如果连她都说"优秀的女人是没有好下场的,除非你嫁了一个好老公",我不知道那些诸如《人民日报海外版》的评论员们要不要更加跳着脚大骂"你们传递的是什么样的价值观"了。

我们传递的是什么样的价值观呢?我们无非也就是说说真话。我还有7周左右生孩子,可是直到昨天下午还在催制片方给我《杜拉拉2》的意见。意见终于来了,其实说穿了特别简单,只有一句话而已——杜拉拉不够可爱。她位置太高了,所以感觉跟普通观众离得很远。

三十一岁高龄的杜拉拉要怎么才能保持

她的可爱呢？美剧里有的是高龄无脑的师奶，比如绝望主妇里的Susan，Sex and the City里的Carrie都是老前辈。但是杜拉拉要胆敢照这路子来，估计我再也不用出门，可以坐等人肉出各种地址骂成脑残无极限了。二十五岁初入外企的杜拉拉尚且不能太弱智，更不用说三十一岁的高管杜拉拉呢？可是这位三十一岁的单身高管杜女士，我又该如何才能让她保有可爱率真，甩脱所有的女王气，同时不是一个傻大姐？

编剧表示，这件事，真的，很难。在家里咬笔杆子，我娘看我头疼，忍不住上前进言说，你就照你自己写呀，我看你就挺可爱！

我晕死。真是娘看闺女，怎么看怎么好。照我写？我二十八岁被分手，三十岁因为没人肯娶急得得了抑郁症，三十一岁闹离婚，三十二岁开始看心理医生，真照我写，什么观众还要看啊？没错我说话是挺逗，我的的确确是个女战士，可是有几个观众能接受这样的女主角？连我自己都不能接受，我在多少个场合说过多少次啊——我要是男人，我都不会爱我。我是个好人，好朋友、好老师、好前妻，堪称最佳前女友，但是我百分之百不是个观众心目中的好女人。

成为好女人的智慧，我连百分之一都不懂。万能的法宝比如"示弱"，多少人精姑娘教过我啊，可是每次事到临头，我就跟八女投江似的又冲到前面去了。再比如耐心、倾听、适当的沉默、装傻、必要的欲擒故纵的拒绝、不逞口舌之利、笼络那些哪怕是你不够喜欢但有用的人，我一条都做不到。我这样的人要是进了DB，别说做人事行政经理了，估计做个前台，三个月都干不满。我身上那些锋利的、尖锐的、有棱有角有刺的、凛冽的东西，谁拿规矩方圆来磨我，我都难受。我太挨近谁，谁都别扭。也多亏当年高考还有艺术类接着我，现在出了社会，还有高校和编剧圈能容我一方小小的安身之地。可是男人，男人满不是那么回事啊。

写王伟的时候，自觉不自觉地拿胖同学出来做参照。清华毕业、北京人、部队大院长大、嘴坏，可连他自己都承认，王伟绝对是他的完美升级版。帅就不说了，起码人家还懂浪漫，知道追到日本去，该认怂认怂，该道歉道歉呢。而我们俩呢，这些年除了一块儿出过几次国，开车去过一趟青岛，基本上都是各忙各的。我在新天地跟诗憬姐姐喝牛奶，在厦门跟苏西喝茶，在柬埔寨跟蘑菇大豆饺子喝冰饮，在香港跟学生喝啤酒，在南京跟百合喝酸菜鱼汤，在西安跟英子喝酸梅汤的时候，貌似连问都没问过一句"你今天晚上吃什么？"大家都习惯了，一个人走路，一个人吃饭，一个人混世界。直到怀了孕，我娘来北京照顾我，我眼看着她日日给我爹打电话，说来说去无非嘘寒问暖那些日常的闲聊的时候，我才知道，我们只是结婚了，但是，一直没成家。

如果杜拉拉像我，百度贴吧里那些看好王伟和杜拉拉必然分手的粉丝们必然一语成谶。而这样的女人，怎么能做女一号呢。

所以，谁知道怎么让一个三十一岁的五百强外企女高管可爱起来，请第一时间知会我吧。我代表我家孩子感谢你为他的奶粉做的卓越贡献！

自爱

早上起来,什么也没干,急急忙忙爬上土豆,在线看了两集格蕾。

最让我没有代入感的格蕾本人在这两集里看起了心理医生,情况与我自己无比相似。心理医生问她,你干吗从来不珍惜你自己?普通人碰见危险都有求生的意志,而你总是出现在最危险的第一线,听凭一阵风决定你的生死。你就那么想放弃你的生命吗?

格蕾大怒,痛骂医生胡扯八道。医生镇定地告诉她,你只是站在这里,什么也不做。看见别人犯错,你就跟自己说,看,他们放弃了,所以我也要放弃。其实你心里从来就没对你自己有过指望。你什么也没做。你为你自己唯一做的事,就是放弃。

我震惊到一早上喝掉了四大杯安溪铁观音来镇定精神。为什么这话听起来这样熟悉?就在不久前的一次会面中,我的心理医生也问了我同样的问题,而且用的是确定的判断语气。她说:"我觉得你一点都不爱你自己。"

你不自爱,所以你才需要依靠别人的肯定、爱、需要来维持你对生命的兴趣。哪天那个别人改了主意,你就直接否定了生命本身。

我记得我当场大怒,之后给我师姐傅傅打了近两个小时的电话投诉医生,真是笑话,我从二十出头起就用顶级化妆品,穿美衣华服,拎名牌手袋,买车不是三星戟或者四个圈圈我都不带考虑的,剪头发我要韩国人服务,出门我要住四星级以上的酒店,一周吃两顿燕窝当早餐,朋友不夸我,我就同他们翻脸,还写博客骂他们,我怎么会不爱我自己?

可我的的确确,同时也是那个经常一天什么也不吃,写字或者聊天看网页也能到深夜不睡觉的人。我很久不运动,长期贫血,没有密友,不懂得同人维持亲密友好的关系。任何一段关系出现问题,我的第一个想法绝对不是修复,而是闪人。

心理医生跟格蕾说,我觉得你会孤独终老。

我跟我自己说,真要到了那一天,我就打完120再开煤气。

嘿,我可没被爹妈从小抛弃过。我一路顺风顺水,数理化一起不及格都没见学校要开除我。谁恋爱是琼瑶小说那种一见钟情缘定三生的,何以我就比别人来得多几道疤呢?

我只是不喜欢我自己。我幻想和寻求的东西,我自己从来没有深信不疑过,因此我没有为之付出过更多的努力。我早早替别人下了决定,我就是那个会被放弃的人,所以,请让我先放弃你们。

所以一切竟然该从自爱开始。接受我就是矮个、微胖、小脑不发达、不够聪明、没太多天赋的一个女人。接受我就是已经三十二岁了，而且以后只有越来越老，绝不会变回去。放弃幻想，面对现实。余生不管还有多久，试试看我能不能把自己修补得好一点。我会尽力而为。

胖同学跟我说，你最近怎么总是思考人生啊。这可不好。

作为一个不像哈利·波特那样从出生起就带着爱的烙印和恨的伤疤长大的普通女人，思考人生，估计也是必经的关口吧。

**无可救药
与无可奈何**

我离开西安十五年了。期间我家搬过两回,一回是从吉祥村的博物馆家属楼,搬到电子二路的万国花园;另一回是从万国花园,搬到现在浐灞的我连名字都叫不上的某小区。上一次搬家时我在考研,考完了,大冬天坐火车回家去,连家门都差点找不到,让热情送我回家的同学的弟弟(一个小民警)差点把查户籍的专业知识都用上了。这一次,我家搬家的主力军我娘索性在北京照顾我的衣食住行,只回去了两次共一周,我爹一个大老爷们,在收拾家私的精密程度上可想而知地不靠谱,加上要租房的那个我爹的朋友催得火急火燎,每天都能听到我娘接电话跟我爹嚷嚷"那个花瓶原来不是放在桌子上吗?怎么会就没了呢?""那把铜尺是祖传的!我专门收起来的!不可能没有了呀!""我的化妆品原来是放冰箱的!好几千块呢!你怎么就找不到了?"

在所有的东西里，我最不想找不到的只有两样。一个是小时候的日记本，还有一个是初中及高中两度毕业的同学录。日记本虽然现在根本没脸再看，但那是我的少女时代的忠实回忆，丢了损失不可弥补；同学录的话，嘿嘿嘿，各路小时候的暧昧男友都在里面呢，有天老了打开来看看，呵！我曾经也是花骨朵一般的妞儿，那多爽。

我连一声嘱咐都没有，因为我知道，这些破本子、烂纸头，估计是我爹娘第一个要丢掉的破烂。在搬家之前，我已经抢救了从小抱到大的毛背心一件、我奶奶留给我的相思红豆一枚，这些非物质文化遗产，没法给旁边的人解释对我个人的意义是有多大。我甚至安慰我自己说，相比那个被我抱了十八年的毛背心"毛毛"而言，其他的东西，都是身外物，没了就没了吧。

结果现实还是给了我狠狠一拳。早上一醒来，我爹就打电话来问，租房子的朋友说，在抽屉里发现了整整一抽屉的磁带，估计都是我的，还要不要了？我怔了怔，磁带，什么磁带？

用文艺青年的句子说，应该就是"记忆如排山倒海般涌来"。十元钱一盘，边家村角上的那家音像店，我攒来攒去，每周攒出十元钱，买一盒谭咏麟或者别的谁。我那个抽屉里，起码有四十盒谭咏麟，十七八盒张学友，六七盒林忆莲，三五盒郑智化，三盒黄安，两盒叶倩文，其他各路杂七杂八的歌手各一堆。如果我没记错，抽屉里应该还有托二姑夫从日本带回来的Sony牌Walkman一只，当年价值人民币两千多，属于奢侈品。但是相比而言，我现在宁可保留那些磁带而不是那只随身听。于是我回复我爹说，磁带我都要！一个也别给我扔了！

此言一出，我爹都惊了。先是告诉我新家没地方放，接着是告诉我东西太多,根本搬不走。最后问我,你要这磁带干啥?

我不干啥。我现在连个听磁带的东西都没了,我还能干啥。但是就算一点用都没了,我还是舍不得扔啊。这些磁带里记载着太多我的回忆了,比如每个周三不上课的下午,盼着我喜欢的男生来我家找我玩儿,一遍遍地听《难舍难分》;比如听郑智化那个破锣嗓子唱《补习街》,我写了平生第一个小说,写完了,钢笔字也离奇地变得不那么挤眉弄眼;比如我为了去买谭咏麟的磁带,独自在太原坐公车,平生首次碰见公车色狼,13岁的我竟然在人生地不熟的地方差点跟人打了起来……所有所有的一切,都跟这些磁带有关。叫我扔了,我不舍得。我们巨蟹座最大缺点估计就是恋旧,老东西未必有多好,但是丢掉,就觉得心如刀割。

北京的天气预报又一次骗了我,说要下暴雨,压根就没下,害我平白因为低气压而心脏难受了一整天。到了下午,我心神不宁地主动要求陪我娘出去买菜,回来我娘的电话就响了,我爹在电话那边说,新租我家房子的那个人,不问青红皂白,已经把所有屋子里他觉得没用的东西都给扔了。抽屉里已经空了。

如果那些磁带跟《玩具总动员3》里的毛熊一样,有感情、会愤怒,我想它们永远不会原谅我。因为它们一直待在那里,等着我回去,可是再也等不到了。

这个世界上的所有东西,从拥有的那一刻开始,就要准备失去。我不是没有准备,只是某些猝不及防的失去,还是让我这颗被低气压折磨了一整天的老心脏,被狠狠地揉皱了。

向前走

　　这一代的年轻人,不知道还会不会喜欢听林强的《向前走》。对于我来说,《向前走》的意义绝不仅仅是位列陶晓清发起的"台湾流行音乐百张最佳专辑"里并不多的闽南语专辑同名主打歌,基本上,这应该算是第一首我听过觉得旋律不乡土不悲情的台语歌。那时候虽然听不大懂歌词,但偶尔一句"台北不是我的家",仍然觉得有年少的热血突突地向上涌,昂扬得不行。这种热血热风,后来在第一次看《风柜来的人》的时候又一次扑面而来,如今十几年过去,我仍然能清楚记得刚二十二岁的我,坐在电影学院五楼那小小的监视器前,戴着耳机听李宗盛唱"握住生命如同握住一只球,对着太阳掷去缀成一道不经心的彩虹"的热血沸腾。

　　向前走,哪怕台北不是我的家。就这样走了一路,从西安走到北京,走成一个小编剧,走到三十三岁的疑似中年,走到怀孕七个多月的夏天。二十八周不到二十九孕周的时候，我飞到上海参加各种杜拉拉的宣传活动，在一众帅哥美女衣香鬓影之中特别地奇怪，那样子怎么说好呢——穿件红裙子，基本就是我们电影学院的经典必看影片《红气球》；要是不穿红裙子，那真是小胖子打酱油，走半路把酱油瓶子磕碎摔身上了。北京上海两地的发布会，去的全国媒体加起来怎么也得有个几十家，这几十家媒体就跟商量好了似的，干了同一件事——发全体演职人员合影的时候，把导演边上那个打酱油的小胖子裁掉。

作为一个最后总是被裁掉的小胖子，间或我也会问问自己，我到底是干吗去的呢？两天里来回飞了两千五百多公里，参加了两个发布会，一台晚会，三家卫视专访，被不知道多少摄影机和演播室的大灯炙烤过，失眠，开了两个电视剧的策划会，其中一个跟我连毛关系都没有，就连最后上飞机之前，还跑到《金枝玉叶》的剧组，帮公司看了一遍粗剪出来的片花。美中宜和的老大夫七十岁了，她笑眯眯跟我说，地球离了谁都转，你别以为自己多重要！台湾来的导演掏出万宝龙的钢笔，一边叫我在新书上签名留念，一边跟我说，巍巍，我真的觉得杜拉拉最后是个悲剧人物，她甚至连停下来的想法都没有过。她为什么不能停一停呢？放个长假，从头再来，也就三十岁，怎么啦？

说真的，我万万没想到，唯一一个把我问愣的人，竟然是一位台湾南部来的偶像剧导演。我想了想回答他，因为你们台湾的经济起飞是在你小时候就完成了。所以你感受不到在前资本主义社会中白领女性的恐慌感。杜拉拉不敢停下来，因为她怕停下来，就没有自己的位置。我也不敢停下来，因为我怕停下来，我就再也回不来了。

向前走当然不是唯一的办法。可是跌跌撞撞地走了这么多年了，眼前几乎就要看见一片青天了,这时候停下来,真的可以吗?真的值得吗?如果不停,杜拉拉也许会失去王伟,我也许会失去儿子的爱,我们会在今后的很多年里为我们今天的选择锥心刺骨,我们都成为千夫所指的自私女人,我们成为台湾偶像剧导演眼中值得可怜的女人,这一切,是不是值得本雅明再写一本《机械复制时代的艺术作品》?

如果只有旅途才会high,停留就不会;攀高才会爽,俯冲不会;狂奔才会愉快,停留不会,我就仍然只睁开了半只眼睛。

但是,道理总是这样,说起来容易,做起来难。

花了一早晨群发了几百条短信之后,我只能安慰自己说,其实没准儿我只是想找个由头跟各路老朋友们联系联系。真的,随便你们看不看我的戏,随便你们是停留还是行走,我都愿你们前方的桥都坚固,隧道都光明。

期待你的夸奖

真不好意思承认，我硕士念的专业方向，其实是日本电影史。但是我一个日语单词都不认识，毕业论文硬生生写了伊文斯，实在叛逆得紧。

回顾我的整个学业旅程，貌似都是可以以"不贴"两个字来总结的。中学名叫西北工业大学附属中学。所有好友统统是数理化小天才，唯独我偏科偏到连电流朝哪儿流跟大拇指头有啥关系也想不通。本科专业叫音响导演，我直到毕业也没把低音谱号数明白。博士专业叫戏剧电影理论，我很跳跃地做了鸳鸯蝴蝶派小说研究，居然也能一路跌跌撞撞混到毕业，真是天可怜见。

二十二年未曾间断的求学历程中，最愉快的当然是电影学院这三年。我在这三年里入了行，出了道，赚了钱，恋了爱，买了房，收获许多至今保有温暖的朋友，认识了一把靠谱或者不靠谱的圈内人士。但是回头想想,印象最深的怎么还是刚念书的那个学期,白天上课,晚上回家拿286电脑给导师编的书写稿子。偶尔资料馆搞个日本电影展,巴巴打着车过去看,看着看着就睡着了。

在《电影艺术》上发表的第一篇稿子是写导演降旗康男和的《铁道员》的。也是从那时候起,我跟老洪有很长一段时间都是同一个合作模式——我写导演,他写片子。那时候根本没听说过在家就能上网,手里没有任何资料。跑去图书馆借了所有能借回来的资料,其中的一篇很短的文章提到高仓健写过一部散文集,名叫《期待你的夸奖》。

那本书明明是写给他妈妈的,八卦到底的我却因为江利智惠美牢牢记了这么多年。记着的理由却并不是因为她死了,他还活着;他成功了她没有。如果用伤害来证明爱,我本人也是个中翘楚,连兔死狐悲心有戚戚都用不着。

只是夸奖也好,热爱也好,欣赏也好,在你期待的时候,大多是根本盼不着,等你不期待了,没准儿反而会从某个意想不到的石头缝里蹦出来。只是那还有什么用呢?就算林真理子的《田纳西华尔兹》写得再缠绵悱恻,江利智惠美已经不能再唱了。她倘若一直活着,再婚或者不再婚,只是活着,估计高仓健也不会说出"在伤到别人的心时,伤的往往是最重要的人的心,不,不如说正是最重要的人,反而伤得更重。世上不会有人比她更宝贵,明知如此,不知为什么,反而会做出深深地刺伤她的事"这样的话。你看,多美好。可是为了这样的遗憾和美好赔上自己的一条命,殊为不智。

活着,就是活着。期待不着任何人的夸奖,我也不想死。

高仓健还说过一句话:"男人也好,女人也好,都可以这样说:一个人的价值,就是要拼命做点什么事业。我认为,默默地拼命走自己道路的人,要比滔滔不绝讲大道理的人优美得多。笑、怒、不幸、幸福，都是在和别人相会中发生的事情。经常遇到各种不同的人，所以生活才不感觉寂寞。我想，人生也就是这样。"

我常常觉得寂寞。岁月是怎么样爬过我皮肤的我自己也不清楚。我遇见许多人，有些会夸我，有些不。我说了那么多年《欲望号街车》的台词"我总是期待陌生人的好意"，可陌生人的好意难道是期待来的么。你辛辛苦苦写了个电视剧，人家就骂你傻×，你精雕细琢地穿了身衣裳，人家就说你品位可怕，你难道要回家抱枕头哭吗。

不欣赏我，我也得吃碗饭、住间房，间或自己哼两声浪里格浪。

我一向话多，今天早上仿佛格外热闹，看来是憋了火。可问题是谁惹着我了呢？不是任何男人女人，就是那个委曲求全战战兢兢想要他人好意的我自己。

自今日起，我不要了。爱谁谁。相见两都厌，那就不要见。话不投机半句多，那就不要说。不喜欢，请删掉我的号，勿敲我的门。我原谅我自己。

要娃干啥

一个晚上一点儿工作没做，分别接了来自广州的电话一个，来自温州的电话一个，回了广州的电话一次，给系主任打电话报备一次，询问班级同学具体情况电话十数个。其中包括各种打不通的。

起因特别简单，五一长假，我们班一个孩子不见了。两部手机都扔在了宿舍，同屋同学没一个知道她上哪儿去的。一个高年级师兄在火车票售票处见过她买票，但是没问过她要去哪儿。她爹妈在两天找不到人以后把电话打到了我这儿来，管我要人。我一整个学期都没有我们班孩子的专业课，我上哪儿给他们找人去？于是各种打电话，问东问西，终于问出个大概其，有同学说，可能是去上海看世博会了。这个差强人意的结果让我立马蹦了三丈高，赶紧打电话给人家爹妈报备孩子行踪。结果，人孩子爹妈又给我一通数落，说什么"我们家孩子小时候受过心理创伤，你对她教育要得法，要不然她寻死觅活怎么办……"我吓坏了，赶紧问，到底是啥创伤啊，回头我跟她谈话，我得注意规避呐。孩子妈支吾了半天告诉我，其实这孩子小时候一直在亲爹的学校念书，非常受宠，一直是好学生，结果中学转到杭州的一个牛逼中学，突然变成差学生，班主任老师又不喜欢，结果就叛逆了，从此再不跟家长沟通，性格也孤僻另类，处处跟家长对着干，让家长天天提心吊胆，忐忑不安。听完这个，我真是一声叹息。这算什么事？谁没个不愉快的青春期，至于吗？

我教了八年书，2009班算是正经交手的第一届全部"90后"。跟他们打交道，最平常的感受是"很雷很开眼"，更多的时候，我特别爱回顾往昔那些我自己不靠谱的年轻岁月。一边回顾一边感慨万千地想，跟他们比，我当年是多么靠谱多么不文艺的青年啊！

前两天一个小孩在QQ上给我交作业。一边发文件一边问我："张老师，您怀的是男孩还是女孩？"我说："男孩。"她说："啊天秤男，最花心了。"我回答道："不关我事。反正将来愁死的肯定不是花心男的妈。"她接着说："我身边就有两个天秤男，都是被妈宠坏了，一点出息都没有，天秤男都这样……"这时候我就疯了，问她："同学，你跟一个即将当天秤男母亲的人说天秤男肯定没出息，你的目的是？"那孩子估计被我问愣了，想了半天才回答了一句十分经典的："张老师，我觉得您这么强势，您一定会管好您儿子的！"

天，我是多么想直接给这丫头不及格啊。有这么跟主任教员说话的吗。想什么呢？

再比如昨天老洪去系里面试进修班，回来打电话告诉我，我们班一个孩子退学去美国了。我当场就震惊得风中凌乱了。我是主任教员耶，我还没休产假呢，怎么会有孩子干了这么大的事儿，从学生到家长到同学没一个跟我说一声的？连宿舍都退了，没一个打过招呼的？

最雷人的一次，有个旁听生死活要退班。理由是"我这么爱电影，我不能忍受跟一群连《水果硬糖》都没看过的人当同学！"

我是怎么招的这么一群孩子啊……恨得我牙直痒痒。

看着他们我就想，怀孕十个月算什么啊，教育一个孩子十几年甚至几十年才是真正漫长的革命之旅。清华出身的胖同学总是担心儿子将来没他当年聪明，而初中以后数理化就没怎么及过格的我最怕的是他情商随了他爹。决定成功的关键要素是情商啊情商，虽然我青春期时候也不甚靠谱，但起码巧笑倩兮说话逗人高兴还是很擅长的。要是回头跟胖同学似的直奔着蜡笔小新加加菲猫的方向发展，那才是人间惨剧呢。

我情何以堪地揉着我的腰，恨恨地想，要娃干啥啊！

用力呼吸

陆星儿去世前，写了本散文集叫《用力呼吸》。我念大学的时候看《海上文坛》颇有几年，于是在新浪读书上看了几篇散文集里的文章。看完了我就想，看来不管是谁，不管生命质量如何，归根结底，人都是怕死的。听说自己的生命线长，是个人都开心，不管她是不是只有一间浦东小屋、一个需要独立抚养长大的儿子、离婚几十年茕茕孑立的孤枕，不论中间多么厌世愤怒自怨自怜，到了生命的末期，无一不渴望能够活下去。

生命到底提供给我们什么呢。有吃就有排泄。有聚就有散。有生就有死。有爱就有不爱。有牵手就有分手。有何可恋？值得我们这样孜孜以求甚至不管路漫漫其修远？坐在北医三院的特需门诊门口，我一遍遍地想这个问题。

我在中国首都的一家三级甲等医院看病。为了挂上号，我六点多就起了床。七点刚过一点,我到了挂号处,得知已经没有号了。坐我边上的一个大姐很好心地给了我一个票贩子的电话号码,她告诉我,大概一个号三百块。八点二十,大夫来了,坐着的女人们一起蜂拥向前,大夫平静而见怪不怪地说,对不起啊,今天不能加号了,我们要搬家。

我从人群中反向涌了出来,立即给小学同学,现在北医三院的某位医生打了个电话。电话通的那一刻,我说,我是张巍。对方非常奇怪地问,谁?我只好默默地解释,我是你小学同学,去年我做手术找过你……对方哦了一声,我窘迫得几乎当场磕死。我们讲好中午再通话。出了医院门,我镇定地判断了一下情况。我有几个选择。一是找一个票贩子,买通他。二是豁出去,拿出小胡姐或者我前男友磕客户的那种活络劲儿去死磕医生,叫她每次都给我加号。三是走人。我选了三。

选了三,也不代表我不想活了。坐上出租车,我就拨了114,查到某家外资医院的预约电话。这次果然一路顺利,大夫跟我约的时间精确到分,价钱虽然贵,但我宁可给大夫赚钱,也不肯让票贩子赚钱。

所以事情就是这样了,我需要买辆车,否则每次都打车去望京看医生太夸张了。有些人不赚钱,但是不得病。我赚了钱,再拿钱去治病。两相比较,十分公平。我不能保证我不会得病,所以我十分庆幸我能赚到看病的钱。

这些年来,我不知有多少次责备过自己为什么不是个一眼望去就楚楚可怜的妞儿,让男人心疼保护,而不是争论高低。到了今天这一刻,忽然醒悟,碰上生病,男人也一样跟我眼下一般需要求人、花钱、接来送往、束手无策。反正身体是我的,疼痛也是我的,拉一个人来陪,也不见得我就不疼了,何必呢。

每个物种活在这世上,都有它自己的法则。比如变色龙就没什么攻击力,草原上的动物就跑得比较快，狡兔就三窟，毒蛇就特别美。有些女人轻易就能做到的事，可能终我一生也做不到。我能做到的事，别人也真的未必有我这么干脆利索。我是不是悲剧的一生，这事儿还真不归别人说了算。

活到三十二岁，才突然明白应当接受自己的道理。不知道算不算太晚了。对不起各位亲爱的挚友亲朋，我最后还是做不成你们期待的那个有女人味的女人。但是我要好好做我。不管生命还有多长，我要好好做我自己。

谢谢这美好的生命。

陈家瑛的痛

有一年，看林燕妮写段子说，陈百强为了不出去演出，质问自己的经纪人陈家瑛："你一年赚多少钱？我俾你一百万够不够，你不要帮我接那么多工作啦！"陈家瑛又气又好笑，只得跟林燕妮诉苦道，自己麾下艺人，一个两个都是不肯赚钱的。当时她还没签陈奕迅，一个两个当然是说陈百强和王菲。

2009年我招了第一批研究生，当时本打算一届届就这么招下去的，谁知道第二届就被我自己乌龙搞忘了。眼看这2011届仍是个未知数，我守着我这两男一女三个开山大弟子外加极光柴德小红，每晚守着某个私密的QQ群，聊得不亦乐乎之际，最忙乎的话题无非是"你们去这个地方面试！""你们去应聘那个工作！""你们抓紧磕下这个活儿啊！"只恨不能变身拿着皮鞭的牧羊人，把这群可怜的待宰羔羊轰去万恶的资本市场接受贫下中农再教育。摊上我这么个急功近利的导师，也不知道他们是幸运还是不幸，我除了不抽成，干得不比什么天娱的经纪人差多少。短短一个学期，可怜我的三个研究生已经被我逼出两篇论文，写了不知道多少个不靠谱的故事大纲，平均每人都出去面试过两次以上，替各大影视公司有偿或义务看剧本提意见十数个，为了赚区区两千多元，短短甚至还帮网易的女人频道写过一个年会短片剧本！

放眼望去，貌似同届的研究生里，没有谁家的孩子像我家的这么惨。偏偏我还总是不知餍足，看见他们成天不是对月流泪就是撅屁股忙着谈恋爱，然后谈恋爱又不谈那种正经要结婚的，真是急得我半死。有天跟短短聊天，没几句我就开始老生常谈："毕业了该结婚了，结婚了要买房子，买房子前起码要找个稳定的好工作……"短短被我逼不过，只好饭遁，逃跑之前，哀哀抛下一句"其实我觉得毕业去个中小城市当个老师挺好的"。

那天晚上，柴德从西安给我发短信说，如果他毕业回西安，找个月入半万薪水的工作一点也不难，一年起码也能出国玩上两次，真是何必在北京待得那么辛苦呢？

回头望望我的人生，虽然迄今为止的所有道路，是我坚定认为的唯一选择，可是，我真的敢说，我是快乐的？

更何况，他们不是我。

如果我是个母亲，我到底希望拥有优秀的孩子，还是快乐的孩子？这问题我至今仍然没有答案。但是起码，我可以先试着拥有快乐的学生。一念至此，真是连我自己都立即变得没有那么大斗志了。

困局

经过整整三周,我确定我已经陷入了道德、良知、责任心交织的困局中无法自拔了。

基本上,每周六是我最后愉快的时光,到了周日,我就开始焦虑,到了周一,焦虑就达到顶峰。伴随着这样的焦虑感,我就开始琢磨着这礼拜要编什么借口对付我的钢琴和吉他老师呢?病了?出差了?开会?这些借口都使烂了。所以,直到上周一,我终于老老实实给吉他老师发短信承认错误说,那个,其实我一直都没有练。

我何止是没有练。我简直连钢琴盖和吉他盒子都没打开过。自打哥们儿九月开始东跑西颠地进入游玩季,我就假装忘了我重新开始学琴这件事。我宁可对着电脑消耗时间,也不愿意坐到琴凳上面去蹭那个皮垫儿。我对于练琴的热情大概比一个被爹妈强迫上课的五岁小孩还差好多,因为我连练会一个曲子弹给小朋友们听的虚荣心都没有。

其实这事儿特别好办。给两个老师的钱都早早付过了，从即刻起通知她们不用再来我家，估计每个人还能倒找我一千。我第一不奔着成名成家，第二不为了考级加分，第三没什么推托不掉的面子问题，第四我们评教授又不考乐理，按说我没道理这么焦虑。但是我真的困扰得不行。

我还记得我当初找老师的借口是喜欢。现在不想练的借口是忙。其实再忙，也没忙到一天里抽不出二十分钟这么惨烈。我只是过劲儿了，不再喜欢了。起码没那么喜欢了。

可是，我这一辈子，从来没有为了不喜欢半途而废过。一路以来，我就像个战士，管他喜不喜欢，冲上去再说。我第一次处理激情过后的余欢，完全不知道该怎么面对自己了。

我不怕承认失败。我怕承认我当时就没我以为的那么喜欢。

这些年来，一听胖同学嘲笑我不爱看文艺电影就恼羞成怒的我，是不是也是不肯面对那个早就不文艺不喜欢文艺电影的自己？

这样一想，我简直要厌弃自己。

无论怎么否认，十五岁背着包走过十个省的我现在是个无论去哪儿都要逛店才会愉快的人。十四岁因为表姐妹们个个都有钢琴唯独我没有而发誓等我有了要比她们弹得都好的我早不知道死在哪一站了。十三岁起从我爹口袋偷钱买小说的我，我不认识她了。

我要不要接受一个这样的自己的真面目呢？这些年来，我悄悄地把她藏在好勇斗狠的女博士的名头后面，平心静气地跟这个伧俗的女人和平相处。日复一日，我越来越在我自己身上看见我讨厌和躲避的进入中年的我爹的样子。

　　这真令我难过。可这就是真相吧。

善始善终

我在关注了宋丹丹的微博之后不久发现这个关注是十分值得的。她很会表达,很有情感,很劲爆,这一切都让我觉得这女人有趣。我喜欢有趣的女人,远甚于美女好女知识女。一个女人只要有趣,哪怕她不喜欢我、甚至不认识我,我仍然远远地在心里拿她当朋友。当然,以上的每个字同样适用于男人。

今天我在宋丹丹的微博上看到一段颇催泪的话,仔细一看,才发现是她女儿在美国买了一只狗,狗来的时候带来的一封信上说的。这信写得不错,各种煽,但肯定没到让我感慨万千地打算写篇博客的地步。真正牛逼的是在催泪的微博之后,她立马又发了一篇,澄清说她临死之前肯定不会写这么煽情催泪的遗书,因为"一生致力于让人欢笑,应该善始善终"。

哦我的神啊!当时我就改变了对一个小品演员的看法,一点不夸张地说,肃然起敬。不要脸地说，我觉得她说出了我的心里话。虽然我并不以写喜剧见长，但是迄今为止，我的每部戏，无论写得多烂，女主角无不自立自强，依靠自我奋斗寻找更好的生存机会，在人生的任何阶段，都还是傻乎乎地相信仍有真爱在前方等待，因此可以挨过一冬又一冬。基本上，这就是我的人生观。有天我死了，我也希望能怀抱着做鬼仍能碰见宁采臣、当了天使还能下人间爱上董永的精神慨当以慷。

这样的事，虽然我自己没有遇到，但是如果相信本身会令人愉快，那就应该善始善终。以上每个字，同样适用于我今后包括婚姻在内的各种人际关系，与分手不分手一点关系也没有。无论怎样，我都愿意选择令对方更愉快的方式。

所以有趣的女人总能在某些关键时刻突然出现，教会你百思不得其解的谜题。终其一生，希望我有天也能成为一个有趣的女人，这是我最新的理想。

二月二

我坐飞机一贯不喜欢读艰深的书。通常情况下,我连艰涩暧昧的书都懒得读,最好一目了然,男欢女爱,几个小时的颠沛流离就全部解决,绝不要拖拖曳曳地甩个尾巴日后仍需纠缠。

所以香港人写的书通常都格外适合我拿上飞机。从前带的总是亦舒、黄碧云,上一趟带了黎坚惠,这一次,我带的是马家辉。

飞机是从北京直飞三亚的,属于我有生以来坐过的最小的飞机之一。一路上气流横生,颠得简直叫人不知如何是好。还好我一早收到手机报上说有架土耳其的飞机在荷兰坠毁,摔成三截又引起大火,结果全飞机一百多人也不过只死了十个。1/10 的死亡率,若是摊在我头上,也只有认了。真的,根本不会不甘心。

我们此行共是一女两男,分别在之前的十年间各自合作过,换登机牌却都各自为政,飞机上足足四小时航程，我们三位连句招呼都懒得与对方打。有时候想想，做编剧做久了，变得厌憎搭建人物关系，铺陈台词，积淀情感，也不知是不是这行业给人带来的最大后遗症。

我坐靠窗的位子。旁边空着，再旁边坐着一位中年姐姐，一望而知是位外企白领，上飞机便打开电脑，写英文邮件，用 Gucci 大包，喝自带的矿泉水。我被太阳晒得头昏眼花，遂拉下遮光板靠在椅背上读马家辉。不到两百页的一本书，一个小时读完，其间唯一让人怅怅不能言的，也唯有他写《断背山》的那一篇。

说也奇怪，《断背山》是我与二十年来最亲密的女友一起在家里看的。这位女友在我结婚后离奇地淡出了我的生活，我始终不知为何，更不知出于什么样的心理作祟，一直没有开口问过她缘由。一个人来了，待过，走了，总有他的原因和意愿。求是求不来的。问更不是聪明之举。当然，不问，跟聪明与否更加无关，也许归根结底，只是胆怯罢了。

"李安对爱情的看法终归比较苍凉。《断背山》代表对情感的一种幻觉，当你发觉你已经尝到爱的味道，你愿意接受爱的时候，其实它已经错过了。我觉得中年人比较能够体会这个片子，有过那种失去生命中什么的经验，看了很有共鸣。从李安的角度出发，《断背山》原著最令人动容的一段情节当然是临近结尾处的两人摊牌。站在湖边，男子对男子说：我看你听得懂听不懂，而且我只说这么一次。告诉你，我们本来可以一起过不错的生活，美好得不得了的生活。你却不愿意。恩尼斯，结果我们现在只有断背山。所有东西都建立在断背山之上，断背山就是我们所能拥有的一切，他妈的一切，如果你不知道别的部分，我希望你至少能懂这一点。这有多难受，你根本一点概念也没有。我不是你,我没办法靠在高山上一年胡搞一两次过活。你对我太重要了,恩尼斯,你这个坏杂种,要是我知道怎么戒掉你就好了。"

印象里,我当时就是看到这里开始涕泗横流的。他当然没有戒掉他,他们只是互相失去。说穿了,爱是种能力。愿意给予的那个,看似弱势,其实却是强势到骨子里的。他／她才是比较幸福的那一个,即使并未获得对等的回应,他／她仍然有过更加心旌摇荡的回忆。

如果不能获得,回忆比虚无要好得多。

我就是怀抱着这样一种近乎中年的心情,奔向越来越南的国境之南的。

Unlock the mystery

我看《朗读者》的小说大概是 2007 年的事。要不就是 2006 年。总之那时候老洪还没出国，我买了书回来，匆匆读完，就塞给了他，他读完，又塞还给我，说，"不好看。"

那时候我也觉得不好看。我对翻译文字一向挑剔得厉害，最恨一派翻译家把里尔克的诗翻成中文旧诗体。偏偏这本书的翻译者就是这个路数，整本书读下来，情节很快忘掉，就记得那位丰腴肉感的三十多岁的女主角在浴缸里引诱小她二十岁的男孩子那一场写得毫不性感，反倒是后来有一场写女人以为男孩子跑了还是假装不认识她了，愤怒地拿皮带抽他给我留下了深刻而难以磨灭的印象。在那场之前，我一直否认他们两人之间有爱情的存在。女人蛮横粗暴地动手之后，我心里咯噔一声，哎呀，她竟然在乎他。

但是《朗读者》从不是关于爱情的小说。

一定要看过电影,再重新看小说,才会发现这是一本关于尊严的小说。希望升腾起来,熊熊地燃烧着,在年轻男人的沉默中又无声无息地熄灭。然而就算爱情结束,青春不复,尊严却始终没有被放弃。为了让日常生活继续下去,年轻男人选择了沉默、麻木及结束。探监那一场,汉娜说,"但是已经结束了,不是吗?"这重重地击伤了我的心。我对于讨论她是否是一个"当然有罪的,不该被同情的战犯"毫无兴趣。我只知道,作为女人,我们都曾经怀抱希望,恶狠狠地用哪怕以死亡为代价傻乎乎地维持着尊严的谎话。然后,以平静来对抗对方的沉默,却又不甘心地还要追问一句:"已经结束了,不是吗?"

我从来没办法跟人解释为什么我不能跟某位同学一起打球,跟另一位同学学钢琴,又或者跟我老公讲英语。有时候,尊严是勉力维持的最强势的弱势,最主动的被动,最不甘心的明白。

这不是一部关于爱的电影。无关于声音,无关于回忆。真奇怪,在我看来它彻底通向完全相反的方向,比如不爱、沉默、遗忘。这是本年度我看过最痛楚的电影,当然,很可能是因为我本年度看电影真的不多。

最悲哀的可能是,我言尽于此,而你并不肯懂。

这辈子 活得

热气腾腾

Part3
孤独是生而为人
的基本条件

日子是过出来的,不是琢磨出来的。写剧本也一样。太文艺了不好,万物恒有定时,春天花会开,晚上没太阳,人会老病死,但是新的生命会接踵而至。这一切都是正常的。少读书,多出去走路,看见需要帮助的人,伸手拉一把,生命的意义和美好渐渐自己就会浮现出来。

永远未知的
何止是恋爱啊

裹好大衣,顶着凛冽寒风,奔北师大看心理医生去。

最近持续懒得见人、懒得说话,因此看心理医生这事儿也变得有一搭没一搭,编借口推了好几次,终于不能再推了,遂约好周一晚上见面。这次没再开车,因此不但没迟到,甚至早到五分钟,徘徊在楼道里接连打了数个工作电话才推开心理医生的门。

当年在北大看心理医生的时候,因为诊所设在北大校医院,我很容易把自己定位为"病人"。北师大的这个比较有趣,一出电梯,看见的首先是各种实验室的牌子。听他们称呼我们这样的人为"来访者",我直接就把自己跟小白耗子画上了等号。

作为一只其实已经说不出自己有什么问题的小白耗子,我本以为这次跟从前一样,BB一个小时左右,交了钱就完了。谁知道,BB

到了快结束的时候，心理医生忽然问我："张巍，你觉得我们的互动有什么问题吗？"我吓一跳，赶紧问她："您什么意思？"

心理医生说了半天，我终于听懂了，原来她觉得我们这样每周见面已经持续了半年多，但是我来回来去就是那点儿事，一点进展没有，但要命的是，她觉得她建立了跟我的"联结"，这使得她每周在见我之前会有情感期待，而且每次见我的时间都超过一小时，可这样的联结并没有在我身上出现，这使得她有挫败感，以至于不得不去寻求她的督导来辅导她！

我靠。我骤然间就尴尬了。我吓得赶紧开导她说，其实你对我就跟我对我的研究生一样，如果我约了她们上课，她们不来，我也会胡思乱想瞎琢磨；如果她们反映我的课上得不好，我也会难受一会儿的。真的真的，就跟这个一样。

她问我，那么你为什么拒绝跟别人产生除了付钱诊疗之外的其他联结呢？

她要是个男的，我估计我会误会她爱上了我。幸亏她不是，而且我十分确定她在我身上寻找的是认同、信任或者友谊。但是很抱歉，我对她，真的没有。想了想，我解开了本来已经裹上的围巾，重新坐下来，认真告诉她，你的这个问题，上一个北大的心理医生也问过我，而且我很确定，最后她也是因为同样的问题拒绝了继续为我诊疗。在我看来，我付钱，你诊疗，这不是最轻松愉快一清二楚的人际关系吗？我们为什么要做实际生活中的朋友呢？做了朋友，我还要不要给你钱呢？

她继续盯着我问，那么你到底为什么要拒绝人际关系中的联结？按照你自己所说的，你已经没有任何亲密的朋友，你所有自认为的好朋友都不在北京或者来往不多，跟你聊天逛街唱歌的都是你学生，你们的关系基本上都是你找他们，他们就出来；你不找，他们也不找你。你为什么要这样的人际关系？你究竟在害怕什么？

太棒了，我一下子就被问住了。想了想，我回答她说，不，我不怕暴露隐私、阴暗面或者不那么光鲜的一面。我从小就不怕这个。我怕联结给我造成的压力，比如你是我的好友，我一定要经常见你，或者有事没事就打电话互相通报情况，我想我并不是反感这个，我只是本能地恐惧。

可是你最大的恐惧不就是孤独感吗？你怎么能一边中断着你跟世界的联结，一边寻求世界跟你的联结，你这不是个悖论吗？心理医生继续咄咄逼人地问。

我呆住了。无言以对，拎起包匆匆告辞。

一路上我都在回想上一个北大的心理医生。她也跟我说过几乎一样的话，比如她"每周都期待我来""我来使她很愉快"，而"这一定是有问题的"。

我想我还真是挺棒的，我有本事叫两个四十多快五十的女人在我身上分别看到她们三十多岁的样子，由此产生对我的认同感和焦虑。我成功地带跑了两位牛逼的没事就上《心理健康》杂志当专家的心理医生，出于对治疗不了我的恐惧，她们分别做出同样的决定——提出请我换人。

我到底是个怎样的女人啊。我怎么觉得我自己就是一出 HBO 的小众 cult 黑色喜剧电视单元剧呢。

棉棉与毛毛

据说我小时候死活不肯上幼儿园,被连哄带骗送去,非要抱着我妈的一个破毛背心不可。那个毛背心后来一路抱了十七年,直到考大学才扔到了西安。我给它起名"毛毛",看着它简直破成了毛线絮絮还是舍不得放手。大学二年级冬天,全家人去瑞丽。在边境这边我妈忽然告诉我她搬家时候把毛毛扔了。我简直不能形容我那时候的锥心刺骨,一怒之下独自一人走到了边境那头,逛了两三个小时才回到酒店,把我爸急得一看见我就一把拽过来偷偷说:"毛毛没丢!我给你偷偷捡回来了!"

父亲节,想到的关于我爹的好段子不多,毛毛这段却历历在目。我跟我爹自打青春期以后就很少交流,关于他,我抱怨仿佛比爱多得多。我跟我娘永远在一起,但是在灵魂这一块儿,不得不说,张家人的血液是相通的。虽然他是个男人,但是作为我的很少交流的父亲,他更理解这个完全没有安全感的女儿，在抱着一个破毛背心十七年以后，毛毛已经成为她生命过去一部分，带来安全、稳定、恒久不变的爱与关怀。

2010年，我三十三岁。人生首次怀孕。我爹妈在得知情况后匆匆赶来。也是我爹从行李里拿出一团破毛线给我说："我把毛毛给你带来了"。自此以后，我左手抱着我的毛背心，右手搂着我的小乖熊，简直睡得那叫一个暖和。

因为有我这个前车之鉴，我儿子上幼儿园也成了我们家的大问题。拖到三岁半才报名，动不动还病假外加送出国旅游，三天打鱼两天晒网，总算哄得现在不用每天晚上焦虑到睡不着觉了。他提出上幼儿园的唯一条件是要带上我妈的一件破睡衣，根据我家的革命传统，根据睡衣材质，被命名为"棉棉"。

棉棉比毛毛还要不经造啊，他才上了两个多月的幼儿园，棉棉已经破成一绺一绺的了。我揪心地想，难道我要学习经典儿童绘本《阿文的小毯子》，等到棉棉彻底不能用的时候，给他把棉布裁成手帕？他愿意我们剪掉他已经烂得一塌糊涂的棉棉吗？如果棉棉没有了，他会不会难过得晚上睡不好觉呢？

因为我本人是个直到三十七岁晚上睡觉还要抱熊和毛毛的妈，所以我一点儿也不觉得我儿子要抱个破睡衣去幼儿园有什么难堪。幼儿园发给我的照片里，我儿子总是孤独地站在某个角落羡慕地看着别的小朋友玩耍，可是他身上有棉棉，这会使他的孤独感少掉很多吧。就像那些在人群中慌张失措的时刻，那些我总也不知道还能不能度过的深夜，我起码能紧紧拽着小乖的毛爪子，还能抱着毛毛，我靠它们的温暖熬过了多少次啊！

远远地，我看着我儿子慢慢地长大了。他是一个奇异的存在，那么像我，从相貌到隐秘的习惯。可是我们一点儿也不亲，或者我们亲的方法跟一般人不一样。我坚信在灵魂的深处，他知道我爱他，我也知道他爱我，就像我埋怨了很多年的亲爹,我从来都相信,在为我捡回毛毛的那些时候,他一定是深爱着我的。

父亲节,先祝我爹节日快乐。然后,跟我儿子说声对不起,妈妈把你的爸爸搞丢了。最后,希望你好好努力,将来成为一个最棒的爸爸,把咱们家毛毛棉棉的传统发扬光大,妈妈盼着那一天。

我没说过吧?还是说过很多遍了?

我爱你们。

爱我，尊敬我

我是粗人。粗人的意思是没文化，想装逼也装不像。所以我从来不讳言自己不喜欢《读书》《书城》这样的经典小布尔乔亚杂志，但是我确确实实狂爱了很长一阵子《万象》。当然，我说的是有毛尖写电影，须兰写画评，凯蒂写书评，迈克写八卦，沈胜衣写歌词的那些期，后来越来越没劲，虽然约到的稿子常常包括了董桥李欧梵各路名家，我也不爱看了。

我不记得毛尖写《教父》是不是在那些期的《万象》里。但是那一篇的题目让我到现在还是振聋发聩。《尊敬我！爱我！》——硕大的两个感叹号，在以婉约派见长的女作家文章里端的少见得很，更别提内容了。毛尖在那篇文章里，拿奥逊威尔斯跟科波拉相提并论，将教父三部曲的主题归结为"孤寂"。不过，她又说，科波拉"是电影世界里的威尔第，他不精打细算，他感情充沛经得起挥霍，然后，他一步步地把你拉向他的世界……最后,他走进我们,说:'不过,你要尊敬我,你要爱我!'"

身为电影学院尚未被开除的人民教师,某版《外国电影史》教材的撰写者,真不好意思跟大家承认,我对《教父》的爱一直没培养起来。但是我家有个号称每半年起码要看一遍《教父》的胖同学,我有幸陪他看过几次,跟当年电影学院上大课的情况很像,这位清华自动化毕业的仁兄,居然要按pause键暂停下来给我讲解导演手法背后的男性情意结。我往往一边惨叫跳开,一边哀叹,难道逃了一辈子,最后还是要嫁给文艺男青年吗?幸亏《教父》一共只有三部曲,他爱的也只有前两部,我还扛得住。然后,估计是被催眠了,我竟然真的觉得这片子牛逼到不行,连给研究生上课讲民国传奇剧,都会忍不住拿出来举例,但是怎么举例,说的都是技巧、手法、桥段,我从没跟我的男学生们探讨过任何关于爱和孤独的问题。

这几天《杜拉拉》收视率看涨,《京华时报》《精品购物指南》的记者纷纷打电话给我要求采访。说是采访,其实就是找碴儿。问的问题统统是"我们在网上看到有网友说你们的衣服是淘宝货,是这样吗?""你觉得你跟徐静蕾版哪个改得好?""你没有在外企上过班,你怎么写外企生活?""有人说你们这个戏跟《丑女无敌》一样,音乐跟《流星花园》一样,你怎么看?""导演说杜拉拉最后得不到幸福,你觉得呢?"十个问题里,恨不能有八个都跟编剧没关系,而且我超级怀疑这帮记者跟我看的不是同一个百度贴吧,我明明看的都是夸我的,她们怎么就能找到那么多骂我的帖子?我每天说着同样的车轱辘话,嗓子都说哑了,深深感喟,戏不红郁闷,戏红了更郁闷。

每次回答问题到了最后，一定要扯到主题和精神。我起初用的都是"谋生亦谋爱"这样拽文的词儿，到了后来，我实在拽不动了，也被各路找碴儿的人马问烦了，我特别特别想告诉她们，我笔下的女人们，跟我一样，跟那些有着充沛情感和无穷精力的黑社会男性一样，她们谋求的，同样也是爱与尊敬。仅有爱，是远远不够的。没有爱，是万万不行的。

年轻的时候，被一个又一个男人远离。我终于明白，爱是这世界上付出与收获最不成正比的一件事。你怀抱期待，往往得到的只有失望。到了现在这个岁数，我慢慢发现，跟爱的处境一样，甚至更困难的，还有尊敬。有些时候，我们可以毫不犹豫地说，我们爱我们的父母。但是我们绝对不尊敬他们。爱有时候还有荷尔蒙的帮助，尊敬，真是最最孤独的战士，碰到的全是顶顶善变的敌人，也只有老教父这样的人，才敢要求殡仪馆老板尊敬自己。当然，前提是，人家有求于他的时候。

之前写了一篇日志后，我删掉了两个留言不得我心的朋友。这句话其实是病句，应该说，我删掉了两个人，我删掉他／她们的原因是，我觉得他们应该是我的朋友，结果他们不是。我的博客本来就只有几十个人有权限，再少一两个，就越来越像自己家里的私密后花园。删他们的时候，我本以为是嫌被不尊重了，删完了才知道，其实我是嫌不被爱。

我是女人。女人要求被尊重，本身就是吊诡和难上加难的事情。但是女人要求被爱，这是天经地义。对我来说，朋友的爱，就代表支持、力挺、鼓励、关心、宽慰，甚至是偶尔想法不同的时候，保持适当的沉默。我会尊重这样的朋友，我更会爱这样的朋友。以前我没有这样的要求，因为太恐惧孤独。现在我知道，恐惧也没用，反正我一直都孤独。如果结局都是一样的，那我起码可以在通向结局的道路上，主动抖掉鞋里的沙子。别跟我说什么日子久了能变珍珠，长水泡的是我的脚，谁疼谁知道。再说人工养殖的珍珠，能值几个钱啊。

温柔的慈悲

每人生命里都有一首重要的歌，也许没什么意义，但总是你觉得无比重要的一首。

我自己的那首，就是《温柔的慈悲》。

那时候没有极光，没有短短，没有小红柴德陪我去钱柜，那时候，只有老洪。我们去钱柜唱歌，在南京这个文艺到不行的城市做过一阵DJ的他对我颇为严厉，唯一一次夸我"唱得不错"，就是这首1992年的陈小霞作品。去年有段时间请了钢琴老师，心愿并不宏大，跟老师请愿半天，也无非想学着弹个《桂花巷》或者《温柔的慈悲》。结果我非常不靠谱地成天出差，动不动就去欧洲十七天之类的，很快又一次荒废了学钢琴的良好愿景。但是，我相信，倘若有天再突发奇想要学弹钢琴，这首歌，势必会在列表第一个。

跟老洪混钱柜的那个时候，我更爱的其实是王靖雯时代的《蓝色时分》。因为钱柜没有粤语版，勉为其难每次都挑林良乐的国语版出来唱。要到了很后来，才猛然发觉，《温柔的慈悲》写得多么好啊！"就像初相识一个陌生人"固然令人兴奋，"其实我早应该了解，你的温柔是一种慈悲"才是事过境迁之后的明白通透大彻大悟。是的，我痛过，因为某时某刻某人，如今我已记不起，但不代表，我不感激这份慈悲。

时至今日，仍然经常会觉得孤独。孤独是我初中以后的最常态，前半生，我用不停凑热闹、谈恋爱、工作狂来奋力抵御它，如今进入中年，我试着跟它和平共处，却常常输得花落水流。今生今世，战胜它估计是不可能的了，羡慕那些找到有效方式的友好亲朋也没用，毕竟人家的经验我只能膜拜赞叹，却无法效仿。责怪如今的身边人对我不够亲密友善显然更不靠谱，明明我才是那个只要有人朝我靠得太近我就会有不适感的难伺候的姑娘。年轻的时候，我最爱指天画地地怨天尤人："我这么好，我对人这么 nice，为什么我没人爱，我没闺密，我的朋友都离开我。"到了这个岁数，当然明白如果生命皆由一系列这样的事件组成，必然是人品问题。既然不想承认，最好少去追究。我甚至不知道我是学聪明了，还是变得圆滑了——我不再跟我的学生或者助手做朋友。她们就是我的学生或者我的助手。我们谈工作、谈学业，偶尔也分享彼此的生活近况，但是，我们不是朋友。我不再混淆个人情感和工作关系，这是进步吗？我不知道。

世上的遗憾本来就很多。也只有感谢还余下的，所有那些还拥有的，都是温柔的慈悲。以巨大的悲悯心，一直降临，一直试炼，一直给予。我仍然没有皈依某个神，但是，内心深处，我一直向着那个我甚至还不认识确切名字的神灵匍匐祈祷。我一直在绝望，所以我一直有希望。我一路被松手，却得以与另一些人相逢。我一直在老去,却始终有颗年轻的心。

《杜拉拉》里,我让王伟追到日本,跟杜拉拉说,"我不敢爱你,是因为你已经拥有了能够伤害我的能力。并不是每个人都有这样的能力。"在一边鄙视我自己果然是格蕾看多了,一边却又忍不住回头望望这茫茫来时路——就算满是尘埃,也是温柔的尘埃。

最后一盏灯

我妈坐出租车走了。我打 96103 叫的车。

不知从什么时候开始,我爹妈来北京从来没人接没人送。我家有两辆车,两个青壮年劳力,他们来北京,却总是自己来,自己走。用我妈的话说,"打车方便"。但是同样的方便,我在西安从没享受过。我回西安,不管几点,我爹的那辆小高尔夫永远停在咸阳机场门外等我,我娘永远在家里给我准备好了各种吃的。我一年回一趟西安,说一句住不惯,转头就走了。我妈为了给我做两天饭,来回坐了快二十四个小时的火车,她走了,我觉得悲伤。然而我的悲伤,值钱吗。若值钱,值多少。

养儿能防什么老?那真是什么也防不了。我爹妈是我最后的依靠,哪怕到了心理医生那儿,没人可埋怨,还能埋怨他们。我抑郁,我有心理阴影,都是他们在我多少多少岁的时候对我做了什么或者没做什么导致的。那我呢,我做过什么?

我什么也没做过。什么,也没做过。

能告慰他们的事情,我一件也不肯做。比如当年留在西安,当个老实本分的西安姑娘,嫁个同样老实本分的西安小伙子,在高新或者曲江买个房子,每周起码能天伦之乐至少一天。拿擀面杖把给我保送机会的西大教务处长赶出我家多年来一直是我人生里的传奇之一,这传奇的背后,是我爹娘自此与我远离一千二百六十公里。十四年。此后只有更长。倘若团聚,只有他们迁就我,断无我迁就他们。我有朋友伙伴交际圈,难道他们就没有吗?

老洪帮我写外国电影史里小津那一章的时候就精辟地说过,亲子关系是最残忍孤独的关系。我望着我妈走后我家灶台上码得整整齐齐的手擀面,除了蹲下来,抱着头哭,也不知道还能再干什么。

生个孩子,手把手看着她长大,看着她渐渐远离你,渐渐不得不自己面对和承受孤独和痛苦。所有这些无法与外人道的垃圾,最终全倾泻给你。你图什么呢,她承认她是你生命的延续吗?

像我妈这样,有五个兄弟姐妹,到了快六十岁,还有自己的父亲母亲可以依赖。这才是最幸福的人生吧。

我家在哪里

宅了半个月，出门办事，去找一个从未谋面的朋友的朋友。

因为是朋友的朋友，所以很容易就聊到朋友。朋友两口子都是我中学六年的同学，毕业后兜兜转转都在北京，却很少联系。不过社交网络上，一直能看到女同学发布各种消息。那些消息永远都是一句话：我很幸福，我家人很幸福，我有他们和他们有我都是一件很幸福的事。

早几年看这种消息，很容易心理不平衡，把她们归到晒幸福的行列里。本着人性里的酸葡萄本性，总是觉得，真的吗，凭什么啊，为什么你男人对你这么好？你也没有比我美丽多少，也不是白皙高挑从小弹钢琴皮肤吹弹可破的糖人儿，为什么你的幸福这么多，让绝对不算不幸的我如此有被刺痛的感觉？套用一句张爱玲的《同学少年都不贱》里的说法，简直是每次看见她聊起家常,"那种云泥之感真是够我受的"。

关键就是那种一点不刻意的淡定。你知道人家一点不使劲,不费力,那就是人家平平常常的生活,人家每天就是乐呵呵做面包、烧菜、上班带孩子、没事儿去高大上的地方全家吃上一餐、过生日被老公送上各种名牌礼物,然后人家高高兴兴地拍下来,po出来,告诉大家,我过得很幸福。

都是女人,早几年动辄看到这样的朋友圈,简直刺眼。

之前不懂事,私下里眼热地议论的时候,都认为朋友运气好,嫁了个好男人。那男人,看着他中学六年一路优秀温和,大学四年扛过异地恋,每到假期就飞江南去看望女朋友,然后双双去澳洲留学,再回国创业安家生孩子。那些简直美好如神话的恋爱故事,在莎士比亚剧本里才能看到的十四岁一路至今一心一意,足以令每个现代女性嫉妒得上蹿下跳。那样的男人,谁碰上谁幸福,所以我那女朋友,无他,唯命好耳。

按照这样的逻辑,我也很不错啊,之前各种际遇不好,才会如此云泥之差吧。不是我有问题,是我碰到的男人不够好,给不了我这样梦幻般的幸福,所以我才一路不愉快,是的,一定是这样的。

直到今天跟朋友的朋友聊天,我们说到那女朋友难搞的婆婆、超难搞的妈妈、各种复杂的家庭关系,都被她轻而易举搞定了,而且全家在她的带领下,都走上了和谐相处的道路,我忽然心里一惊,呀。

如果十四岁,假如,我是说假如,那个现在人人称羡的男同学喜欢的是我,现在过上这种生活的会是我吗?从十四岁往后的这二十三年,我那颗渴望永不安宁的心脏会不会一次次地把人家的好意推开,或者扯着对方一直拼命地扑腾直到双方都累得面目模糊看不清楚?如果是我,我会不好奇外面的世界不想趁年轻多恋爱几次不愿意尝试下新鲜有趣的故事情节？如果是我，我受得了强势婆婆的委屈耐得住异地的寂寞扛得住二十多年都是同一个男主角吗？

年轻的我，那个生机勃勃外加神经兮兮的我，那个好奇同时害死猫总想折腾体验感受乱七八糟世界的我，不用问也知道，那简直不可能。

我配不上这样的幸福。

给我一个好男人也白搭，因为压根不明白，幸福，是感受幸福的能力，更是经营幸福的能力。

受不了委屈，凡事都要分辨个青红皂白，敏感、尖锐、没有安全感的我。就算碰到一个温和的好男人，估计也经营不出我同学的幸福家庭。

真是，出来混的，谁能不受委屈呢？有多少打落牙和血吞哑巴吃黄连还连声赞好的高超技术，怎么一到亲密关系里，就立马退为一个三岁的小朋友，一句话，一个字，一个眼神，前妻前女友的一个短信电话，亲戚朋友的随意评论，都是血雨腥风的前奏。那些翻江倒海的意难平，那些抑郁哽咽的从前事，一点点一滴滴，最后谁也扛不住我那些"不爱我的印证"。基本上，我编了剧，我又导了演，我推了波助了澜，我还完美谢了幕。那一次次似曾相识的感情故事，我一次次被放弃的相同结局，难不成都是遇人不淑？那我挑人的眼神也未免太差了吧。

站在车水马龙的东四环，悠悠望着天边一朵云。要成为 better me 多么不容易。

要相信有那么一个人，他跟你一样对世界惶恐、惊慌、孤独又强作镇定地假装强大，你们一个人活下去也可以，但是互相陪伴也许更好。他偶尔会伤害你，正如你会伤害他，但是那都会使你们一样难过。要相信他是个温和的好人，就像他需要相信你是个善良的傻丫头，你辛辛苦苦赚来的钱得跟他一块儿花，你赚不到的时候得不怕麻烦他。

如果真能做到，对我简直是人生观价值观重塑，堪称颠覆式创新，比黄太吉马佳佳干的颠覆多了。

我的车里，有一张一直不肯换掉的CD，是多年老友老洪的哥哥跟他的中学同学们自组乐队自费录制的一张老歌集锦。十二首歌里，我最喜欢的一首，名叫《我家在哪里》。刘家昌唱过，刘文正唱过，姜育恒唱过，我去KTV的时候也唱过。

"南风又轻轻吹起，吹动着青草地，草浪缓缓推来推去，景色真美丽，夕阳也照着大地，绿草披上青衣，草浪夕阳连成一片，真叫人着迷……"

从今往后，我家在哪里？

光棍节

我确定肯定及一定是个持续好多年的女光棍。我当光棍的时间太久了,以至于直到现在,光棍的思想还时不时会钻到我脑海里来捣捣乱做做主。

光棍跟是不是有伴侣其实并不特别有关系。物理上有伴侣、化学上有伴侣和地理空间上有伴侣都不能从根本上解决一个光棍之所以是光棍的症结。光棍之所以是光棍,来自于他或她坚信在这个世界上,他或她始终是孤独的,他或她的孤独可以被暂时疗救,却根本无法彻底治愈,就算有个温暖的地方让他或她渴望待着,但是待不了太久他或她一准儿闷得想跑路。男人也好,女人也好,婚姻也好,家庭也好,什么都不是改造一个光棍的终极必胜法宝。

我其实特别怕孤独。为了不肯一个人待着,我一度简直快把我家建设成了一个毛绒熊的动物乐园。当年为了要结婚,追了胖同学起码二百里地。但是结婚少说两年半之内，我没什么跟谈恋爱时候太大的区别：胖同学一出差，我就到处跑。胖同学不出差，我待久了也想到处跑。去年圣诞节扔下他跟蘑菇大豆去了柬埔寨，现在回头想想，幸亏胖同学对于我女光棍的那一面还是比较宽容的，否则搁在任何别人家里，媳妇儿打了个申请报告就跟俩男的玩去了，把老公独自扔在家过圣诞，这简直就是水木十大潜力帖啊。

所以能改造一个光棍的最好武器估计只有时间和惯性。慢慢来，一刀一刀磨你，再钝的刀子也能割下好大一块肉。我三十二岁，结婚整三年，还是第一次觉得光棍节跟我没啥关系，既不感时伤怀，也不沾沾自喜，彻底做到了不注重形式更不在乎内容。

偶尔觉得，等哪天我彻底老去，或者也能儿孙满堂的时候，没准儿哪天一觉醒来，忽然觉得特虚无，心说老子从前是个文艺妞儿，怎么生生叫生活给摧残成家庭妇女阿姨奶奶了？那时候，再跑出去庆祝光棍节，不知道还能不能独立找到回家的路。

不吐不快

这一把 down 到要死的时候没有格蕾来救命了。于是我翻出了各种多年积攒没看的电影出来看。两天里看了六部,看完了,激动地到处问人:"有没有看过《丑闻笔记》?去看去看!"

话说我已经很多年没干过这种推荐别人看电影的事儿了。一般都是别人推荐我,我还懒得看。本年度上一次这么沉痛的激动还是年初的《朗读者》。跟《朗读者》一样,《丑闻笔记》也是改编作品。如同《朗读者》曾让我震惊的关于尊严的讨论一样,《丑闻笔记》是凭借对孤独的探索触动了我。

原谅我用了这么多言之无物的形容词。我实在很不会在不复述剧情的情况下讲出我到底是被哪一点打动了。可是这次不同,不是四十岁的女人被十五岁的少男勾引又抛弃的难堪,不是老女人一点点试探一点点部署的爱的宰制,甚至不是其间无数次让我想起亦舒小说的那些尖刻有趣的台词。要怎么说呢？就像一个人的早晨，下了点雨，沏了杯茶。你只有自己一个人，站在窗户边，手指头能碰到点温热，可是，终会冷的。楼下有别人家的猫猫狗狗，小孩子老头儿在笑闹，跟你没关系。你只有一个人。

这种孤独感，是无法被救赎的、全世界都没办法替你体会的孤独感。因为孤独，出身名门，嫁给中产阶级老公的熟女被秘密的禁果吸引终至沉沦，凯特·布兰切特坦白秘密的那段台词简直是天才写的。没有体验过孤独的女人，怎么会写出那样目眩神迷义无反顾的沉沦？也因为孤独，朱迪·丹奇扮演的老女人所有的眼泪都是为那只老猫流的。跟看《朗读者》不同的是这次我是先看了电影再去找小说来读的，非常愉快的是，我没有失望。小说特有的长处甚至更加助长了我关于这个故事的战栗，比如下面的句子——"像希芭这种人以为自己懂得寂寞的滋味，他们所了解的寂寞就是回想起一九七五年与某位男友分手后，忍受的那一整个月的煎熬，直到再交上另一位新的男友——但是对于长夜漫漫，点点滴滴，永无止境的无边孤寂，他们一无所知，他们不会懂得计划整个周末只能围绕在去自助洗衣店洗衣这件事的感觉——他们不会懂得久久没有人碰过，以至于公交车司机一个不经意碰到肩膀时，都会像触电一样，一股渴望的震撼直传到两腿之间的感受。"……"邪不胜正，我母亲常说，但是我倒认为这一点她错了。邪恶是存在的，只因为时机未到，才能保持相安无事。"

这句子你们熟悉吗？于我而言，简直是《东邪西毒》附体到年轻时候的黄碧云身上然后又被亦舒抄袭了。

在出门开会的前夕，在漫长的假期终于结束的早上。写一个关于孤独的故事，实在是再切题不过了。

孤独得像一颗星球

偷人家刘瑜的标题不是预期的。本来想用个更矫情的题目，比如某首林子祥的歌词之类，后来觉得实在都不如这个合适，就不管不顾了，反正怀孕之后，脸皮日渐加厚，用传说中的名言警句说就是"脸皮与肚皮齐肥"啥的，太煞风景，就不说了。

过年几天，各单位都休息，手边没有工作，我简直不知道要怎么打发孩子睡觉的白天。第二次在北京过年，没朋友、没亲戚，零社交。闲得我简直几乎要躁狂，以至于看见胖同学就有想吵架的冲动——大哥你是北京人吧！你咋就没个亲戚朋友的需要走街串巷拜拜年的呢？我一外地丫头，我的社交不就指望你了吗？为啥你看起来还不如我像本地人呢？躁狂之后就是自怨自艾——我为啥千挑万选地嫁了个抱着电脑就能过日子的龟毛处女男？简直是中国版谢耳朵，还没人家博士学位多。

与我的躁郁相比，我爹娘过得就爽得多了。大年初一出门拜年，今天跟我表叔去逛庙会，明天去我大姑家吃饭。我相当地羡慕能把日子过得热热闹闹的这老两口，羡慕到了一定程度，终于在今天晚上离家出走，跑到位于同一个小区的我爹娘家去串门。

说起来可笑，这房子打我买完，就几乎没怎么来过。装修好了以后，这是第一次进门。身为业主，我没钥匙。按了门铃之后，发现我爹娘真把我当客人了，居然带着我参观了一通房子，然后请我吃水果！我 faint 了半天，心想这是神马情况？

不得不说，房子还是新的好。虽说是二手房，但是胜在新装修过，东西又少，看起来就是比我现在的家精致温馨。一百零五平虽然不大，但是居然也是三居，而且还有一个厅，麻雀虽小五脏俱全，那书房豁亮豁亮的，我都很羡慕。我爹娘相当满意，我娘居然说出了"比西安的房子还要好"这样的总结性发言。她们甚至把给我儿子放玩具、让我儿子将来爬的地方都规划好了，坐在客厅的沙发上，看着我娘一一给我在理想的沙盘上演示，心里不是没有一点感慨的。

李宗盛不是有首歌吗？跟卢冠廷合唱的，傻了吧唧地说什么"是很累，但是很安慰，也很值得。"身为一个天生命苦的巨蟹座，我这么辛苦是为了啥呀，还不就是为了照顾家人吗？一个人在北京上蹿下跳了这么些年，终于把爹妈接来身边，为北京的交通堵塞和人口拥挤又做了新一轮的贡献，同时还照顾到了我老公这个龟毛处女男的各种情意结，没有出现一套房子住三代人的情况，我为自己小小地得意一下，在这么一个躁郁的夜晚，这没什么吧？结果好了，我怀着这样的小得意回了自己家，进门没十分钟，就烟消云散。不但得意烟消云散，而且心情简直变本加厉地糟糕。

我家"谢耳朵"的理论是,"我也很努力,我工作也很拼命很辛苦,凭什么我比你少赚那么多?我心理失衡了,所以你最好不要跟我提跟房子有关的任何事。如果你提,我就要吵架。"吵架当然是不怕的,咱是老手。离婚也无所谓,咱有儿子了。大不了不结婚,男朋友总还是找得到的。想谈谈恋爱,也不见得就没机会。但是这是为什么啊!大过年的,为了安定团结,算了吧。不就是一口气吗,忍就忍了,有啥的,又不是没忍过。

但是,心情就像小时候拼命学习,终于考了一百分,爹妈却忘了奖励的巧克力。就像你怀揣着一个珍视已久的秘密,几次三番想要冲口而出,终于还是忍了下来,最后却发现,早就被别人昭告天下了。就像你千方百计想跟一个人好,临了刚想表白,人家却抢先一步跟你说,咱们做一辈子的好朋友吧。

我的一生里,一辈子的好朋友简直跟忘掉的巧克力一样多,他们的结果,都是没了,烟消云散了。成笑话倒还好,就怕最后,成眼泪了。那得需要多么强韧的神经才能消化啊。

所以这样的一个夜晚,三十三岁半的张巍巍小朋友强忍着自己难以消化的孤独,坐在小笔记本面前迟迟不肯睡去。胖同学在看足球,儿子在睡觉,孤独得像一颗星球的她自己,因为没人夸她一句"你为了家人这么辛苦,你真棒"而耿耿于怀,此时此刻,如果背景音乐再来一首《她来听我的演唱会》,那简直就太应景了。

不说离殇，
说陆无双

下午看到了我上一部戏的片花。别的不说，我很喜欢我戏里的女三号。一个被男朋友抛弃接着就抢了别人男朋友的女人。很容易被写成最常见的坏女人。然而我基本上是抱着同情态度写她的。明证就是我去上海探班的时候演她老公的男一号郭晓冬同学亲口问我说："观众不会因为她恨我吧？"

我之所以变成一个很擅长写女三号的人，全来自于我从小爱看的金庸小说。在每年温习一遍《神雕侠侣》五六年之后，我发现我最喜欢的姑娘是郭襄，但最难忘的姑娘，是陆无双。

这位陆小姐是倾倒了李莫愁的男人和迷翻了武三通的女人的孩子。她爹妈叫她"无双"，这是多骄傲的一个名字，无论是否举世无双，也都当她珍珠一般宝贝。宝贝的结果她成了她妈妈情敌的徒弟，脚弄跛了不说，千方百计地逃跑，竟然出门就撞到男一号杨过手里。那男人偏偏又是个情种,只因为觉得她发脾气的样子很像他的小龙女,于是叫她"媳妇儿"。叫着叫着,她就信了。两个少男少女各怀心思地在一张床上睡过一觉,杨过也不是对这姑娘全无想法,只是临下手前想起小龙女,这才作罢。因为男一号的作风正确,她的这一章,就这样被翻过去了。

她当然不是唯一喜欢过杨过的女子。她甚至不是对的前面最后错误的一个。远的不说,单是表姐程瑛,她就比不上。她性子暴烈,嘴上不饶人,心肠倒是软得很。《神雕》里有名有姓的女子那样多,我每次想起来最最过不去的,就是陆无双。

世界上哪有天生愿意抢别人男人的女人,不过是自己的男人不堪托付,别人的男人又不见得没有那么一点点眉来眼去。说穿了,这世上所有的伤心人别有怀抱,无非是这一个不是那一个,那一个又不是自己的伯乐。怀抱着这样的人生观,我每次看网络上流行的后宫小说的时候当然都愤怒异常,像我这种天生不当自己是女一号的人,最最见不得一个楚楚可怜的女人一生命运多舛,但是见一个帅哥就爱她一个,见两个就爱她一双。凭什么啊?大家都是出来混的,怎么你一出场,别人家的姑娘就全成陪衬了呢?当然,陪衬也有陪衬的轻重浓淡。就像阿九之于温青青,周芷若之于赵敏,白飞飞之于朱七七,程灵素之于袁紫衣,郭襄之于小龙女,这都是不亚于女一号的陪衬。袁承志是忘不了阿九的,因为她是公主,还因为她美。张无忌是忘不了周芷若的,因为他差一点帮着画眉毛的人是她。沈浪当然也是忘不了白飞飞的,像他这样一个骄傲的男子,居然被一个女人骗了无数次,最后为了怀上他的孩子还愣把他给捆床上睡了,这种奇耻大辱的软玉温香,要能忘了才怪。胡斐同样是忘不了程灵素的,因为她聪明勇敢地为他死了,这道坎儿成了他再也过不去的伤。杨过肯定也忘不了郭襄，彼时他已经是伤心断臂的怪叔叔，居然还有一个天真活泼的小姑娘这样对他倾心相许，就从虚荣心来说，他也得把郭襄排名在毕生情史的第二位才对。

但是陆无双呢？在别人的故事里也未必做不了女一号，偏偏遇见了杨过，而不迟不早地纠缠了一场。那些美好的年少时光能帮助她排进他的前十吗？排名顺序能超过公孙绿萼和程瑛吗？我对此深深存疑。

类似的女三号，在金庸小说里还有木婉清，郭芙，殷离，仪琳，小昭。然而我总嫌她们没有陆无双更得我心。就是那样有点儿心眼，有点儿算计，有点儿骄傲，有点儿欢喜。永远没本事做女一号，但在自己的这一章里，也是用尽了全力。

怀着这样的私心，我写了一个不够坏的坏女人。有些时候，我觉得"伤情"说的是她，不是磨磨叽叽所有人都爱的女一号。现在终于可以说实话了，写这个戏的时候，我大部分眼泪都是为了她掉的。虽然我预感到最后观众还是会把她看作是坏女人，但在我而言，她就是我举世无双的陆无双。

真的，金庸写过的伤心人多了去了，但在我个人而言，伤心不过陆无双。

一切有时

开心网上跟我有联系的寥寥几个广院同学不约而同地转了同一篇帖子,名叫《8号楼的最后回忆》。我第一次看到的时候还在西安,坐在我爹的电脑桌前几乎惊叫出来:"8号楼被拆了!"

8号楼是什么?8号楼是我大学本科住了四年的宿舍楼。我的宿舍名叫316,窗户冲着的方向能看见当时的煤炭干部学院的男生楼,于是夏天换衣服的时候经常听见对面有人吹口哨。我们对面的317冲着主楼方向,楼下有亭子一座,因总有男生在那里等女友,故坊间赠名"望春亭"。8号楼下还有个围墙,历届毕业前一定要群起而攻之地推倒一次,不晓得是个什么原理。

如今这一切都灰飞烟灭。在我本科毕业第十年的这一年里,在我号称我根本对那个学校那段时光毫无回忆毫无感情的十年后,灰飞烟灭。如同我的青春。

爱有时，不爱有时。散有时，聚有时。可竟连"没感情"都是有时的。原来我什么都记得，我只是以为我忘了。

过了几天，我的大学同学刘公子转帖了他自己用家用录像带转录来的广院1997年文艺系和电视系合办的文艺晚会。我目瞪口呆地发现，二十九秒处帅得稀里哗啦的刘公子如今已经成了我学生女友的顶头上司；西藏歌舞里有个抡袖子的男同学解决了我的学生远同学远赴西藏的工作问题；做美术的1997文编的师妹后来成了我电影学院的师妹，前几天发短信给我，人正在慕士塔格峰顶峰三百米处玩单板呢。我的1995音导的同学们当时明明就会用录音设备的，所以广院不是没教给我，是我自己坚决地把自己跟音响导演这个名词隔绝开了。片头里我认识的那么多的人都销声匿迹了，在人海里不知所踪。同他们一样，我也是销声匿迹的那一个。我早在1997年就销声匿迹了。我记得那次晚会的最后，是1995音导全体女生在台上唱《校园里有一排年轻的白杨》，我因为不肯穿丑到死的演出服，所以没参加（具体原因是不是这个待考）。在整个的广院生涯里，我一直是个冷眼旁观的打酱油的。甚至最后连毕业酒都没喝，早早地飞奔电影学院投奔我师姐傅傅。

二十二岁以前，我是个胖子。不美，没有靠谱的男朋友。没人爱我，我也不自爱，不知未来在哪里。智商和情商都低，别人早早在台里实习做节目赚钱，我只能去音乐厅领位，或者去给日本人做中文教师。没什么钱，穿不起好衣服，想打扮也没资本。所有朋友加起来用一只手就数得过来，就连电影和电视剧看得也不多。我不比我现在的学生强任何一点点，我不知我的记忆是不是让狗吃了，居然在教育别人的时候忘了这件事。

广院时代所有的舞会，我都是永恒的壁花小姐。有位男生在三八那天出于同情才请我跳舞，我从没幻想过能在那个学校里找到喜欢我的男生。我想我是为了吸引别人的注意才开始抽烟和说夸张的脏话。从大一到大三所有的视唱练耳、钢琴、复调和其他我连名字都记不住的课程都是在血泪中度过的，我从来不是个优秀的学生。

原来这才是真相。我的毫无感情，是因为我根本不肯承认，我曾经是那么矬的一个女青年。

广院时期同我友情最深厚的刘公子说，我在他心中永远是那个拎着大水壶奔教学楼自习教室的胖丫头。其实他从不知道在他宽厚地邀请我参加各种圣诞新年在广院后门的×咖啡里举办的群喝活动我一律缺席的真相——没人同我说话，我要拼命想话题跟周围每个有男友或者女友的人说话才能显得不那么落寞。还有就是我没钱，我买不起除了一瓶十块的百威之外的任何饮料。

这才是真相吧。不是刻苦学习准备考研或者坑命练钢琴等着考试过关的那个后来在全部的四十一门课里有十九门拿了全年级第一的我。

这才是真相。我刻意忘了这么多年，终于记起来的真相。

谢谢他们，谢谢她们。从今后我发誓绝不再跟极光等人大讲人生道理。我的青春我没做成主，如今我不能做别人的主。

一切有时，有过那样的青春期，我还有什么脸去讲现在的我抑郁。

毕业十年，体重掉了十斤，岁数大了十岁。学钢琴的时候还能偶尔回忆起李重光教材里的内容，开策划会的时候能偶遇当年的系主任。话剧演出，当年的同学们纷纷去看，看完了，很多人都发短信给我，一律讲好话。我是多开心。

这些年来，大家都好，我也很好。真的很好，真的，很好。

一去永不回

在苏西的博客上看到这样的字:"密交,定有夙缘,非以鸡犬盟也;中断,知其缘尽,宁关妻菲间。"真是喜欢。

给认识超过二十年的阿杨留言说我会在慕尼黑待一晚,她很快便回复我说,那么我们出去喝点东西吧。某天打开邮箱,发现了初中时候去张家界旅游时候认识的南京美女的邮件,再过几天,收到了小学时代住我家楼上的人生里第一个女性朋友的问候,我们起码超过十年互相没有音讯,多得现代科技发达,Google搜搜,MSN联联,邮件点个发送键,就说上话了。

可是,问题是,这些大部分的通信,都终结在了我的手里。我的意思是,就像之前它们总是终结在对方那里一样,现在,都终结在我这儿。不知道从哪天开始,我变得不会跟女性友人写邮件了。但凡是较为亲密的表达,在我这儿都会先别人一步走向戛然而止。这实在是太奇怪了，太不像话密得连舌头构造都跟大部分人不一样的我了。太不像大学时代只要还有一个人醒着就绝对不会先闭嘴的我了。太不像哪怕就在前几年还追着给各种朋友写信且天天盼望回信的我了。

绝对不是烦了。也并不仅仅是因为多年来疏于联系所以没什么话可说。有些时候，我只是不知道表达的意义和表达通向的未来在哪里。

她们在我心里。我永远不会忘了谁。倘若这些朋友中的任何人来北京，我都会高高兴兴地冲去看望她们。可是写信，天啊，写信。

我不知道要怎么在短短的信里，跟很多很多年没见过的朋友说，我开始老了，我还有点梦，我有时心思思，有时眼蒙蒙，亲爱的我还没有勇气像你们一样做个妈妈，我甚至不知道也许哪天我就又不想活了。你们怎么样呢，这十几二十年来，你们是怎么过的？诸如此类的话，写在信里，跟这些多年没见的朋友们说，不矫情吗。

可是，如果不写这些，我们要寒暄什么呢。我发现我完全不擅长寒暄，比如，嘿，你孩子用什么奶粉，明治真的没添加吗，那么你老公现在是每天接送你们吗，你真幸福。

相信我，我绝非出于羡慕嫉妒恨才不肯跟她们寒暄。我只是不擅长。

从埋怨朋友们淡出我的生活，到自己决绝地不回信，套句不怕恶心的歌词，俨然就是，岁月是怎么样爬过我的孤独只有我自己最清楚。

You belong to me

必须承认，我在看我的学生滕短短同学的《榴莲》的时候，同时还在为了给工作看着一个外企女员工的自恋向上爬手册，为了给我自己人生总是想不通的各种问题答疑解惑看着 *He's just not that into you*。然后，我必须承认的是，在这三本书里最让我愉快的，显然是《榴莲》。

《榴莲》写的是个我特别特别熟悉的故事，那就是暗恋的故事。暗恋是全世界我最熟悉的感情方式，它安全干净，清脆活泼，收放自如的同时还冷暖自知，用我一个男学生的话说就是"暗恋最美好，暗恋都是桃花源"。用我自己的话说就是，"缺心眼儿的姑娘生磕，实心眼儿的姑娘暗恋，有心眼儿的姑娘暧昧。"我这辈子当过缺心眼儿，实心眼儿，唯独没能力尝试有心眼儿，不得不说是人生至大憾事。

我不知道是不是只有青春期当过不被任何人注意的女胖子的姑娘才会在其后拥有强大的

幽默感来百折不挠地自我解嘲，反正我是。在当了长达十年的"熊六郎"、为无数个班花系花校花前仆后继地左支右突抵挡蜂拥而至的不靠谱的追求者、为更多的男性友人做过更久的狗头军师张、在月色下散步在小雨里奔跑地替人家出谋划策排忧解难之后，某一天，我突然发现，我成熟了！因为有个我很崇拜的女教师告诉我，女性成熟的标志就在于她是否舍得拿自己打岔，我当时就苦笑着告诉她，如果以这个为标志的话，小张我十六岁不到就成熟了。很熟很熟，简直是熟透了。

所以我说不出我看《榴莲》时的心情。那些似曾相识的气息，远远注视着的永不可企及的身影，那些青春的狗血，那些狗血的青春。我全有过。有些东西至今都在影响着我，叫我一想到仍然心跳不已，言不及义却死死不肯说破；还有一些能让我至今都保有微笑，保有情怀，保有对看到"You belong to me"那一章流眼泪不脸红的冲动。

从没有谁属于过我。我自己的青春也从没有完整地属于过谁。然而，就算是自弹自唱，自娱自乐，自说自话，我也百转千回过。谁能说我的幻灭就没有什么东西留下来呢。

我实在不是个会写书评的人，我只会写观后感。单说感想的话，我的特别简单，只有一句而已。

滕短短同学，请读我的研究生。

永远的微笑

我在港台电影史课上给学生放罗大佑演唱会，第一首就是《永远的微笑》。他说是为了怀念陈歌辛。其实除了陈歌辛的版本，我还喜欢另一版的《永远的微笑》，如果没记错，应该是张艺谋的《摇啊摇，摇到外婆桥》在台湾的宣传主题歌。当年没变烟酒嗓之前，真是每去钱柜必唱曲目，与《深邃与甜蜜》一道，成为我文艺女青年时期最后的主题歌。

昨天正在钢琴前乱弹，忽然接到一起合作《梅艳芳菲》的台湾编剧的短信，这位在新加坡出过费玉清款唱片的大哥说："我最近喜欢上一个女歌手，名叫陈绮贞，我觉得她很像你。"我大惊，差点没磕到钢琴上，赶紧回道，她她她怎会像我，她那么文艺那么"80后"……那位大哥回得非常简短："你落伍了！"

好吧，关于我落伍这一点，真的不用再讨论了。我认我认我全认。可是说我像陈绮贞，这实在是对陈绮贞和所有"80后"文艺男女青年们的共同侮辱吧。我就算学会了弹吉他哼哼唧唧唱歌，也是陈小霞的范儿，怎么会像陈绮贞。真是一声叹息。

我知道陈绮贞真的是从一位"70后"帅哥那里。我那位广院同学某次也不知为什么，在第二次结婚前夕，忽然发了条短信给我，说"推荐你听《旅行的意义》，你一定会喜欢的！"我去听了，居然不喜欢。又不好意思跟人家说，就独自消化了。

其实我不那么喜欢的《旅行的意义》和我大爱的《永远的微笑》说的是同一件事。这事儿在情歌里屡见不鲜俗到掉渣，就是分手。入行十年，加上之前写小说的五六年，前后小半生的文字生涯里，我不知写过多少次分手。各种道别的信，各种信物，各种机场追人、火车站堵截、上雪山、过草地，倒后镜里最熟悉的陌生人，行道树两边历历在目的昨日重现，狗血、文艺、天雷地火、生离死别，我全写过。写到最后，发现怎么都写不过《东爱》。而《东爱》最好的，其实不过是双方都未知的遗憾，以及微笑着离去的背影。

不是原谅，不是谴责，不是愤怒，甚至不是遗忘，不是遮掩，不是漠然。这一页就在这儿了，翻过去也不代表没写过傻了吧唧的字眼，何必不认呢。当初就是跟那个秃头拉着手看过星星，也确实是这个胖阿姨收到过你的小纸条儿。有什么可怨尤的，如今谁幸福也不是拜你所赐，人家过得不好也不是因为你的离去。谁也不用给谁贴金，谁也不用咒人家去死。生命那么长，偏偏是他陪了你这一段，多值得被感激。

整整十四年没再听过的一首歌，说来话长的这十四年。一直嫁不出去的张清芳不但结了婚，孩子都生了两个。我自己虽然没生孩子，总算也嫁了人。

周末去婆婆家,在从前以为打死不会买的日本车里听 Easy FM 的《岁月流金》,一放《同桌的你》,眼圈居然还会红。红了居然也不是因为想起谁或者感时伤怀。我还是没离开北京,倒是常去上海。我偶尔会收到一个男人喝高后表达思念的电话,但是对象却不是我,打给我的唯一原因是因为"像打给半个她"。可是那个她,我早已失去联络了。十四年来,我失去了最亲密的朋友,失去了第一辆车,失去几次大红大紫的机会,失去好多好多我都不记得的因缘际会。

可是,若不是那些事,那些人,我如何能成为今天的我。若不是这些失去,我如何能有其后的获得。说句狗血文艺的台词,骄傲的我是怎么懂得"且行且珍惜"的?还不是被失去教育的?

白天上 MSN,给清华女 W 同学发我喜欢的《不会说话的爱情》。她说:"歌词真美。"我一想,呀,上次听"你去你的未来,我去我的未来"还是在柬埔寨的时候,这一晃也是小半年了。情怀虽然早已更改,可美仍是美呀。

如果不能彻底醉,微醺也是好的。

各行各路了,还能微笑最难得。旅行有什么意义呢?旅行的意义,在我而言,就是这个了。

罪与罚

我没看《唐山大地震》，买了本《余震》回家读。

张翎之前的小说，我看过几个短篇。谈不上多喜欢，也没有很讨厌。备受各方好评的《金山》一直就放在手边，没有整块儿的时间，偷懒，一直还没读。最近看过的小说里，只有《心术》有点意思，但这个意思又不是常言道里常说的那个意思，我本想写篇博客说说我是什么意思，后来拖久了，拖成了没意思，就没写。

《余震》并不长。从篇幅来说很适合现在的我。基本上一会儿就看完了，可以用在发呆与发呆的间隙，或者情绪起与落的空当里。看完了，本能地不喜欢。这种不喜欢不是技巧上的，更不是跟什么其他文本比较得来的，就是生理本能——书里的女主角，那个本该叫万小登后来改名叫王小灯的女人，怎么那么招人讨厌啊？是是是，你受过很多心理创伤，你妈在你跟你弟弟之间选择了别人,之后你养母癌症死了,养父又性侵犯了你,这就成你之后没完没了地折腾你那个复旦研究生老公和十三岁的女儿的理由啦?你都活到四张多了,还楚楚可怜,夜夜不寐,七岁前的伤口成了再也不肯回中国的借口。我就不明白了,按说都活到不惑了,小时候这事儿到底还有什么可念叨的?一夜之间死了几十万人呢。几十万啊。你妈但凡有的选,也不会愣要搞死你,这小丫头的人性里怎么就没一点点悲悯宽恕的情怀?那是亲妈跟亲弟弟呀。

想来想去,还是因为女主角成了作家。伤疤到了搞文艺的尤其是作家们身上,就变成了巨大的伤疤,而且历久弥新,怎么也好不了;别人和自己人性中的罪恶,本来也许只是一闪念就过去的丑陋,一旦被作家们捉住痛脚,这事儿就再也过不去了。跟自己为难,跟别人也较着劲。我过不好,你也别想舒坦了,我一边抵死缠绵地幽怨你,一边不屈不挠地怨咒你。谁想说我有错都不行,因为我有伤口,看,赤裸裸的血道子就在这儿呢,我都这么惨了,你还有什么好说的?归根结底,还是自私。我最敏感,最脆弱,宇宙间最无辜,有一颗轻轻触碰就会流血的心,我的千疮百孔都是你们丫害的,我根本就没错,就算有一点小错,也是你们错在先。

当了这么多年写字儿的,看了那么久心理医生,写了那么多篇忧郁哽咽的博客,我当然知道自己不是什么好鸟。尤其是怀孕以来,工作量减少,无事便要生非。看老板也不顺眼,看老友也各种怨言,就算是看我亲娘亲爹,估计也不像从前那么顺溜。有个屁大的事儿出来,我的第一反应通常不是解决,往往都是算了。比如居家吵架,我一定第一个念头就想离婚,谁跟我说任何工作上的负面消息,我一定想,那要不算了吧,这项目不做了,爱谁谁。基本上,凡是不哄着我的,都不得我心。可是谁能老哄着我呢。于是我活该就抑郁了。

改《杜拉拉2》的时候,做得最多的一件事,就是让这个女人不要那么精。干吗老把阶级斗争的一根弦绷得那么紧啊。上司、下属、同事、男朋友、接踵而至的小狐狸精、未来的公公婆婆,不一定都是阶级敌人吧。成天与天斗与地斗与人斗,您倒是其乐无穷了,被您斗的那个多惨啊,人招你惹你了?就算他真招你惹你了,化解的方法千千万,也不一定都是战斗形态的吧。您是战士,不是斗士,不打仗的时候,您也得学会过过和平年代的生活,别老天天惦记要刺刀见红啊。

所以我反而意外地喜欢《心术》。相比之前的《双面胶》和《蜗居》,我觉得《心术》难得地写出了人性中的光明面。信望爱还是十分有必要的,尤其是信。信任、信仰、信心,哪个不是我们孜孜以求别人给予我们的?所以我们求神拜佛,我们寄托亲子关系或者婚姻关系,我们一次次被传说里至死不渝的爱情骗到电影院去。但是精明的、搞文艺的我,早宣布了,我聪明,我什么也不信。你别想伤害我。

什么也不信,才会永远有个战斗的姿态。以女战士自诩了半辈子的我,恍然醒觉,"时刻准备着"决不通往喜乐与救赎。但是信。信有多难,买个二手房就知道了。在这日复一日与中介、担保公司、银行打交道的日子里,在时时刻刻提防问题,问题还是层出不穷的日子里,在四面八方的钱都赶不及在最后一刻汇给我的日子里,跟认识了十几年、也被我念叨了十几年"南方男人太小气"的老洪打电话借钱,得到的只有一句"你要多少,我有的都借给你"。就在那一刻,骤然觉得,我实实在在地,不知道该说什么好了。

我只知道，换作是我，我做不到。让我拿出我手里所有的钱，借给我的好朋友，我做不到。我做好了全部的被拒绝的准备，却迎来了这样的一个结果，我觉得这简直是对我的罪与罚——让你丫牛逼！让你丫嘚瑟！让你丫再背后里嘀咕腹诽叽叽歪歪！我看你怎么面对你自己！

所以现在实在是太和谐了，我果然，面对不了了。

这辈子 活得 热气腾腾

Part4
没人跟你过不去，
是生活本身矛盾密布

  迄今为止，我的每部戏，无论写得多烂，女主角无不自立自强，依靠自我奋斗寻找更好的生存机会，在人生的任何阶段，都还是傻乎乎的相信仍有真爱在前方等待，因此可以挨过一冬又一冬。基本上，这就是我的人生观。有天我死了，我也希望能怀抱着做鬼仍能碰见宁采臣、当了天使还能下人间爱上董永的精神慨当以慷。这样的事，虽然我自己没有遇到，但是如果相信本身令人愉快，那就应该善始善终。以上每个字，同样适用于我今后的各种包括婚姻在内的人际关系。

有时尽

其实我真没学过写剧本,我是学电影史出身的。

歪打误撞留校教了剧作,但一天正经剧作课都没上过,教书全靠自学,写作全靠瞎猜。在电影学院一待十年,除了归功于学校的包容度确实很大,还有就是运气真好。

上学留下的后遗症有两个。一是正经上剧作课的时候最怕讲理论,最好是你拿剧本来,咱们直接对着侃;还有就是每隔几学期,一定要偷偷摸摸地开个电影史的选修课,别人爽不爽我不管,我自己讲爽了再说。

不谦虚地说,我的电影史,讲得相当好听。豆瓣小组为证,一代一代的文艺青年们都说过,张巍老师最大的本事是"把电影史和八卦掺和起来讲"。当年北京音乐台有个DJ叫陆凌涛,2005年我们一起在旅游卫视做中国电影百年的节目,半年以后成了朋友,他终于忍无可忍地问我:"你节目上说的那些事儿到底是不是真的?"

作为一个博士论文名叫"鸳鸯蝴蝶派与早期中国电影"的灭绝师太,我要负责任地讲——"打死我也不说。"不过当初很是沉迷过一段民国八卦,最喜欢的就是搞那些偏门女明星秘史,别跟我说什么胡蝶周璇阮玲玉,老子搞的是偏门女明星,换句话说,绝对不是当年的S.H.E和Twins,肯定更不是张曼玉林青霞,不把自己搞成论文答辩的时候没人聊天绝不罢休。因为这点莫名其妙的嗜好,每一次的香港电影史,永远是讲完邵氏,high点就结束了,后面只有草草了事。偶尔有那么一两次中国电影史,简直没法进入十七年部分。直到有天突然醒觉,再这样搞下去,我就成了我自己最讨厌的那种老师——披着Discovery的皮,其实做的是《走进科学》。这才悻悻作罢,再也不出来显摆老本行。

我自己也不知道是怎么回事,好好的电影史,到我这儿就是各种变形的《被嫌弃的松子的一生》。谁爱上谁,谁离开谁,谁疯了,谁吸了毒,谁为谁死了,谁为谁进了缫丝厂,谁孤老终生,谁宁可沿街乞讨也不肯跟自己唯一的女儿联系。好像不以死或者更大的毁灭成就的传奇,就不算爱,就不配爱,就不是爱。这样的美学倾向,后来我在崔永元做《电影传奇》的时候也发现了——我由此原谅了自己。

如果不是为了钱、沽名钓誉、语不惊人死不休,那像我们这样近乎病态地一次次用别人的故事来印证自己的观点——"是的,会结束的,都会结束的。再好的感情,再美的相遇,都会结束的。多大的美好势必带来多大的破灭"这样虚无的人生观,有没有一种可能——是我们其实是最胆小的、最渴望感情的、最期待长久的?就像我还很小很小的时候,我那个身为红学家的奶奶给我讲"寿怡红群芳开夜宴",就非要把"任是无情也动人"解释成"最是无情才动人"。可怜当时我才四岁,我要怎么理解一个从四十多岁就守寡的知识女性啊。

可是,我奶奶确实灌输给了我这样的人生观:如果花期有时尽,干脆就不必开;如果夜宴有时尽,索性就不要聚。我今年三十六岁,回头看看,我没养过任何小动物,没有任何特别亲密的朋友,血缘关系里最亲的表姐妹同在北京,三年也见不了一次面。任何人,我是说任何人,如果不首先表现出善意,我就小心翼翼收回触角。断了就断了,散了就算了,如果你是会走的,那我一定会顽强地不告诉你,我想念你。

这样强悍而变态的人生后面,是我至今每天要抱着一只芳龄十几岁毛已经秃了的毛绒熊才能睡觉;我们家的鱼骨头一定被我拿去喂同一只流浪猫;多少年没联系的小学同学打来电话,不用说是谁,我会一下子就叫出名字来;我积极地参加每一个上过的学校的校友聚会,然后在散席之前溜掉。不知道我的同学们都怎么想,估计大家都觉得我忙。

其实我只不过是胆子小。而且我不知道谁会希望我留下来。

反映在剧本里,就是我矢志不渝地写大团圆。无论怎么千难万险,最后都要"在一起"。其实不在一起收视率才高,我当然懂。我就是改不了想要他和她在一起的强烈冲动,这简直是人生的某种救赎方式。杜拉拉一定会等到王伟回来找她,就算是惨烈的古装剧,死都要死到一起。难得有一个写不到一起去的结尾,还是制片方要求,为了钱,没法子才忍下来的。

在行行重行行的生别离前,在辗转又反侧的求不得之后,胆小的人,通常恐怕都跟我一样,就不要了。有天在微博上看到,说地球上最幸福的动物是考拉，一辈子都是抱着同一棵树，吃着吃着就睡着了，睡着睡着一不小心手一松掉下去摔死，死都是在梦里。当时大为感动，下定决心下辈子一定要当一只考拉。

这简直是我能想到的最好的命运了。

直到昨天下午。我们班微信群里，有个同学忽然问："这个群里谁会坚持到最后一个？"我好像是第一个回复的，但是起码十个人回复之后，我才赫然发现，以中文为谋生手段的我，居然在阅读理解这道题的时候看错了意思。人家问的是"谁会活到最后？"我毫不犹豫地理解为："谁会在群里坚持聊天到最后一个？"

生死的大事，居然被我弄成了说话的小事。天知道，生死在我这儿根本不算大事，说话才是大事。我为了一个将来会不会继续有人说话的破事儿，哭了一整个下午，这这这，要传出去，我估计我就该被架去北医六院演《飞越疯人院》续集了。

主要是因为难得。人到中年，上了这么一个学校。一年下来，基本什么都没学明白，白酒红酒啤酒倒是轮番喝大了好几轮。跟一个班的女生滚在同一张床上合过影，跟管着三万人的某著名国企的老总吵过架。假传过绯闻，冒充过初恋，崴脚去上海，冒雨回三亚。就连上隔壁班调个课，都有清华男主动给讲题。这辈子难得有几次，不用小心翼翼地压抑着想拽着谁的衣角不松手的冲动，这些人，将来的某天慢慢就不聊天了，单是想想就让人痛不可抑。

如果天长地久有时尽，这才是真正的此恨绵绵无绝期。

为了不说话。就是为了不说话。

只要还能说话，可能就还有幸福。

唱首温柔的歌

"温柔"是我喜欢的词。歌名里喜欢雌雄莫辨的林良乐唱《温柔的慈悲》，林慧萍唱《可以勇敢可以温柔》，1999年上电影学院，老洪写张艺谋，我大笔一抡，给他起名叫《温柔的尘埃》——那是我们在学报上发的第一篇论文。就连看武侠小说，都喜欢温瑞安笔下的《温柔一刀》。

我想人通常都是缺什么，就渴望什么。这样说来，我应该跟温柔没太大的关系，所以才总是这么念念叨叨孜孜以求。西北女子，十八岁来了北京，生命里并未有过机会浸染温柔的尘埃。那些浮光片羽，最多只会在开车的时候回想，一个急刹车就可以随时打断。不温柔，偏偏也不够酷，整个人就卡在那儿了，就像装不进小码礼服里的中号姑娘，随时准备给世界交付一个尴尬莫名的表情。

那种尴尬和莫名其妙，你知道，挂在脸上

几乎十来年。对谁都想先说句对不起，再补上句没关系，不不不不是你的错，是是是都是我不好。写得不好？OK 我回去改。做女人有问题？对不起给你添麻烦了。都年轻气盛过，何尝没有骄傲自满的时候，貌似也说过几句"我可能不是好老婆，但肯定是好老师"之类的傻话。后来才发现这俩名词压根没法放一块儿比，能是一码事吗？真够胡闹的。

更何况，好老师其实也算不上。与其说多么喜欢跟学生一起待着，还不如坦白承认，太寂寞了，不知道可以跟谁待着。学生嘛，一茬一茬的，几年换一拨，只要人家不烦，我乐得屁颠屁颠。十年下来，身边的孩子从"80 前"换成"90 后"，去钱柜点歌清清楚楚感受得到两边的压抑和忍耐。有次老洪组歌局，我去了，半途逃跑——实在是替所有为了陪我们把张学友当洪湖水浪打浪唱的孩子们尴尬。

歌犹如此，人就不用提了。少年子弟江湖老，身边有人结婚有人生孩子，还有人死了。来来去去，我的微信隔三岔五通知我更新通讯录，每次好像都会有新增名单——可是我不主动打非工作电话很久了。久到我甚至不记得上次是什么时候。都忙吧。应该很忙不好打扰吧？方便吗？各种澎湃的不好意思阻碍了表达，无论是对谁，无论思念是否汹涌，我努力独自消化它，在夜里散步，在南国陌生的街道散步，在异国他乡的月亮下散步。这些年，我应该很是想过一些人，很是伤过几回心。我成熟了，我跟谁都没说。虽然我他妈的真想找人说说。可是李宗盛写给他前妻的歌里不都唱了么，"谁又真的关心谁。"还有呢？"想得不可得，你奈人生何？"是吧，人人不都这样吗，还抱怨什么呢？

起码还有工作。这一年感觉全部工作就是一个字：改。改到后来，不记得当初为什么出发，究竟是什么需要被表达。很多人说，那是个好剧本。我点点头，是吧？可是我不记得了。我忘掉这些改过一百次的戏，如果拍得不好，我会继续点点头，嗯，我还年轻，下次吧。

自己当然知道，不年轻了，三十六了。入行十四年，二十几部戏，可与人言无二三。还有多少下一次？真有下一次，我还是不是当初那个我？我最初为了什么写故事，我最初想写的是什么故事，我现在还行不行？技巧进步了，感情呢？还够真诚吗？还相信自己写的这些破玩意儿吗？那些当初使我一天工作二十小时的热情里除了迫切的出人头地的欲望，总有些是渴望被人听懂被人理解被人找到的寂寞在唱歌吧？现在呢，寂寞还在，渴望还在，人还是那个人吗？

总得真诚面对自己生活吧。爱也好，不爱也好。道德也好，不道德也好。总得对自己有个交代吧。站在中年的坎上，冷冷看着罹患深度中二病的三十六岁中年妇女跟自己当初网聊成亲的老公大滴流眼泪："MSN 关了！我们的回忆结束了！"对面忙着打游戏的挨踢男震惊不已："国内没关啊？"

形式大于内容不要紧。但是形式不能等于内容啊。大姐，你们回忆结束很久了好不好。在结束之前你就不用 MSN 了好不好。文艺青年是种病，咱不能一辈子不好啊。

可是文艺青年的病真好了，咱内心就找到平安了吗。

没处找人问去，我只能眼睁睁看着自己没头苍蝇一样乱撞。也许答案不是寻找的，答案是自己跑出来的。在出来之前，只能等待。

只能等待，别无他途。在等待与等待的间隙里，也许我可以唱几首温柔的歌。

你过路也好，留下也好，走掉都好。

总有什么是会被留下来的，就像风留给春天。即使我并不擅长温柔的调子。

等风到

近来很焦虑。

焦虑的主要原因是因为消息太多。各种各样形形色色的消息最近接踵而至,感觉脑容量内存明显不足,情绪难免起伏。波动大了,忍不住给各色人等打电话再接着打听新的消息,这里面,有人接电话,有人不接;接了电话的,有人说,有人不说,等待的时光简直变成了折磨。次数多了,整个人简直惶惶不可终日,干什么都没心思。虽然也不停劝自己,几乎所有的事情我都解决不了,我解决不了的焦虑,就应该放下它。但是谈何容易。拿起来快,放下艰难,本来就是 A 型巨蟹女的最大弱点。急,加上抽烟,嗓子疼得只想哼哼。

直到今天下午,终于有个处女座的女同志给我发来一条语音消息说:"张巍,我们现在就是在等风到。风到了,一切自然顺利正常。如果没到,就是机缘没到,你别着急。"

我觉得她说得特别好。起码部分缓解了我的焦虑。其实本来就是这么简单的事儿,只是人在事儿里,眼前一黑,总觉得四处都是淤泥,牵牵盼盼,又牵牵绊绊。有劲儿都不知道该朝哪儿使,努力找不着方向。最后人就变成了情绪的奴隶,没办法翻身做自己的主人也就算了,最怕抬头都看不见天空,哪怕漫天雾霾,也比啥也看不见强啊。

放下电话,我换了衣服鞋子,揣了点零钱,出门买药去。暮色四合的西四环,路灯混着街灯一盏接着一盏。车声包裹市声,就在我右手边几十米外惊涛拍岸。天气比昨天冷,我不知怎么突然就想起了广院8号楼前面那条宽窄差不多的路。那时候我才十几二十岁,好像也总是周末,宿舍里剩下七个姑娘全约会走空了,就剩下我一个呆呆坐在椅子上看夕阳西下。总是等到天快黑了,我确定我等的那个电话绝对不会打过来,可能会哭一鼻子,又可能不会,我才托着我那个巨大的水壶慢慢地上自习去。太寂寞了,简直无可言说。身为艺术院校里的非美女,没有恋爱可谈,没钱能泡酒吧,没有亲密朋友,周末的生活只剩下单调地看书、听歌、打饭、睡觉。我后来是怎么从这种生活中找到乐趣的?好像就是从不再等电话开始。不等了,爱谁谁,周末宿舍没人刚好可以大声听音乐,我是从哪儿淘到了一个大个音箱的?广播学院图书馆里很是有几本亦舒朱天文苏伟贞,每本都借出来,高高兴兴地发现自己的名字是借书证上唯一的一个。看完了,矢志不渝地写自己的海南故事,十五岁待过几个月的地方,成为大学的文学创作里最大的灵感来源。第一个小说叫《茶烟歌》,捏造了一个家族里从来没有过的失败女性。第二个小说叫《水月》,写一个失败的女骗子。再后面,写过失败的二奶,失败的酒吧女老板,也有古装的,写失败的妓女。漫长而寂寞的青春期让我本能地对那种生机勃勃的、向往爱情也愿意燃烧的失败女性充满向往。一篇篇写下来，四年竟也有厚厚一大沓。落单的时间再长一点，就换三趟公共汽车去三联书店待一下午，买不起的书，统统坐台阶上读完。夜里回到学校，黑漆漆的核桃林里有人在接吻，我穿过一个又一个黑影憧憧的人群，心满意足地抽一根红河，再上楼去。

的确是没有人爱，但是在不等待之后，喜乐悲伤全是自己的。

渐渐地，简直要爱上这样的生活。广播学院的广播站是全世界最好的广播站之一，打完水出来，站在食堂前面的树影下，可以静静站着听完整整一首歌。走到哪里都是一个人，横冲直撞、顾盼生辉、锦衣夜行，统统都是一个人。自己不觉得遗憾，就没有遗憾。回头想想，那样的青春，难道就不值得以温柔封存？

走了二十分钟路，竟然往回想了十五年。在我终于成功把自己活成了失败的中年女人，在"等风到"的初春的晚上，在一个号称叫"妇女节"的日子。忍不住想拽着自己问问，如果那时候我可以那样活着，现在为什么不行？为什么我就不能想想，也许没有消息就是好消息，有了消息，反而可能是坏消息呢？在自己完全不能控制的事态面前，为什么就不能像身在完全不能掌握的命运中一样，干脆不闻不问地交托出去呢？反正戏已经写完了，拍不拍，播不播，其实真的不关我太多事。无非是不甘心。无非是意难平。无非是求不得。

如果得到与得不到都是人生，都是命运，都是早已注定的，我再焦虑，又能如何？

过了十五年，我好像没有任何进步。连自己好好生活都快不会了。居然堕落到要自己给自己励志，简直可以拖出去打屁股。

那就这样吧，在余下所有等风到的日子，先从不等待开始吧。该开的花总会开的，春风来不来，真的没有什么关系。

独立时代

　　杨德昌1994年有部电影，我上电影学院的时候匆匆忙忙在拉片室还是哪儿看过一眼，讲的什么故事到现在简直都记不得了，就记得里面有个老好人姑娘，特别努力地希望让人人都喜欢她，结果被劈头盖脸地骂："你不觉得这样很假吗？"

　　电影里那姑娘的委屈，快二十年了，我还深深地记得。

　　身为一个没有用的巨蟹座，虽然不大好意思承认，但是隐隐约约地，好像我也是这样一个姑娘。最怕跟人冲突，最喜欢世界和平家和万事兴，看戏写书最爱Happy ending，到了私人生活中，最最沮丧的事件永远跟人际关系的溃散有关。老友决裂、婚姻破灭、亲人离散，人生最痛的三件事我有幸到目前只经历了前两件，但已然痛得撕心裂肺好几年。慢慢地，我也明白作为一个天真的中年人，要想抵御这种失望，好像唯一的方法就是不要对长久稳定美好的人际关系抱有不切实际的幻想。放下对他人的期待，无欲则刚，貌似就走上百战不殆的旅途了。我也真的这样试验过，2009级本科班招进来的时候，我公然宣布："我们彼此都不要报太深期待吧。"结果人家毕业高高兴兴离校，我难受得背着人直挠墙。好吧，我就没学会在一段关系里不付出感情，还是趁早赶紧老实承认吧。

跟前夫离婚，到今天差不多半年。跟之前每一段感情起落的情况差不多，从百般欲断难断，到最后一刀两断，中间折腾的时间起码也有好几年。我前夫是个品行正直、智力超群的北京部队大院长大的清华男，我也曾经非常努力地朝着宜室宜家上厅堂下厨房的道路一路狂奔过。为了挽救婚姻，我们都曾经做过之前的人生里完全没有想象过的让步和妥协。在这段婚姻里我流过的眼泪大概足够我来世脱胎为东海龙王家的亲戚，我相信他受到的伤害也应该不会比我少。李宗盛写《领悟》的时候我觉得完全是首口水歌，但是他离婚拿来送林忆莲那几句简直就是我后来的心声。是的，如果我们的爱是个错误，这错误时至今日已经戛然而止，无论是什么余韵都不值得再拿出来一品再品。离了婚，我对你就不再有任何感情上的期待，你不站在我渴望的地方我也没什么话可说的，我没有恨也没有爱，我再抱怨任何一句都是贱人矫情好吗！

沉默是巨大美德。我一直希望我能做到。因为他也沉默，让我深深感激。

但是，跟之前的关系略有差异的是，我们还有一个孩子。因为我们共同的错误，跟随外公外婆长大的孩子一直跟我们两个都不亲。我相信如果不离婚，我前夫当爹没准当得挺好。我最天真的一点就是，我离婚了，我一点点都不恨之前的人。相反地，我简直每次提到还有心头微微的暖意。毕竟相携一起走过八年呀，那么多乱七八糟的狗日子都一起过来了，你曾经是我最信任的人，知道我所有隐秘的恐惧和喜悦，现在分手了，我们为什么不能是个没事就聊聊天的朋友？我们起码可以聊聊孩子吧？有很多共同的成长的喜悦你是我最合适的分享者呀！为什么我们不能做朋友，甚至不能做路人，我们就非得做敌人呢？

你恨我吗？难道，你恨我吗？这念头从来没浮现过，我心心念念地在被害人和好老婆的剧情里浸润了七八年，我从没想过，你也许会恨我。因为某些我不了解也不明白的原因，我们离婚了，所以你不能原谅我。所以，我们不能做朋友，不能好好说话，你不能再对我的家人表达基本的礼貌和友善，我的电脑出问题不能再向你求助，我们必须比陌生人还要陌生人，因为这样才是传说中离婚夫妻的标配。

说真的，我真的不理解。我们是和平友好离的婚，离婚前谈了十三个月，离婚的时候我们没有任何争执、指责、财产纠纷、第三者绯闻……我们为什么必须保持愤怒？你是我儿子的父亲啊，我们为什么不能使未来的两个家庭成为守望相助的朋友呢？那些离婚了就得恩断义绝的说法多么老土，我们怎么能就这么眼睁睁地冲进这样狗血的剧情里去了呢？

好吧，原来真是我太天真。原来真正的独立时代，就是要放弃离婚了还能做朋友的幻想。你不是坏人，我也不是，我们只是不合适，甚至连好好说话，也不合适。

将来等儿子长大了，要告诉他，在父母生活的那个年代，还有一些羁绊使善意和人情不能随心所欲地播撒。希望你生活在一个人与人足够善意的环境，你可以爱一些女人，也可以爱另一些，但是爱与不爱，都请你为了自己和他人负责。以及，作为爱过的证据，任何时候，故人都值得你最大的善意。

这是妈妈对你最大的祝福。

太平日，太平人

我一点也不喜欢陆游的诗。他留下的那哗啦哗啦一大堆诗词遗作里，有一首写夏日风光的，很不主流，偏偏让我印象很深。"纷纷红紫已成尘，布谷声中夏令新。夹路桑麻行不尽，始知身是太平人。"小时候看的诗词鉴赏辞典里说这首诗是陆游在说反话，嫌皇帝不重用他不给他北定中原的机会，我大大不以为然地想，切，就不许一个天涯浪子仕途漂泊人海浮沉以后有那么一会儿时间不想以家国为己任，只想太太平平在青翠的初夏绿色树影里安宁片刻吗？就不许人家坐看云起时欲辨已忘言何以解忧唯有踏踏实实过日子吗？

人到中年，尤其对踏踏实实过日子有深切的渴望。陌上花开，缓缓归时，可以看见孩子奔跑，老人健在，自己跟岁月无惊无扰，到点睡觉，按时吃饭，平凡到淡出鸟的生活比树叶还稠，就这样又过一天就好。不用大喜，只要没有大悲。无风无浪，无色无香，我简直不能相信这话是经常宣称"烂命一条，爱谁谁"的我写的。原来人到中年，不用经历什么大事，该变的，自然就变了。

早上一起床就不舒服，头昏眼花之际拿起手机，研究生高波波告诉我2003本科的一个姑娘熬夜看足球去世了。大惊失色，连忙向她的班主任求证，发现竟然不是玩笑。2003年入学，当年十八岁的孩子，现在才有多大？二十八还是二十九？在我们这样女生远远多过男生的学校，当个胖丫头，她谈过靠谱的恋爱吗？现在还是单身吧？人生还没开始，还完全没有开始啊，怎么能就结束了呢！

我记得这个孩子。2003年是我留校第二年，第一次带军训，时年二十六岁的我是文学系当时唯一在读的博士，因为留校时候大大小小的误会积累了一些不愉快，敏感清高的我在系里几乎没有朋友，没有老师请我上课，只有系主任给我安排一些给研究生或者外系本科班上怪课的机会。作为一个几乎没有机会接触本系本科生的年轻女教师，跟学生们的第一次亲密接触就是从这个班开始。

我那时候自己也是个文学女青年，跟男朋友关系处于破裂与不破裂之间，动不动愤世嫉俗状地抽个中南海0.5。带学生军训，我好赖也代表电影学院形象呢，不知道为什么那么不懂事地天天熬夜赖床。不肯穿难看的军装，非要穿红裙子。带的班里有两个小姑娘喜欢我，经常到我宿舍里跟我聊天，我抽烟也不避讳学生。有一次聊到半夜三点，她们不肯走，我也不赶她们回去睡觉。二十六岁的我隐隐约约地喜欢打造一个超酷又没架子的张老师形象，应该说我干得不错。后来我又给她们介绍了一个工作，是她们人生里的第一个"活儿"，一个晚上通宵不睡改台词，一人一千块。俩孩子都特别开心，拿钱给妈妈买了兰蔻眼霜,我看到她们高兴,心里也非常得意。我从没想过,一个"熬夜不睡觉才能干活""干活时候要抽烟"的女教师形象,就是我给这俩孩子留下的看到的第一个电影学院的女老师的印象。

去世的孩子就是这两个孩子中间的一个。胖乎乎的、可爱的、非常爱笑的一个孩子。我不知道要怎么才能穿越回去,跟十一年前那个夏天刚刚从杭州考来北京的孩子说,对不起,对不起,我深深深深地对不起你们。如果可以重来一次,我愿意变成一个每天早上六点起床绕操场跑步喝柠檬水淡淡微笑跟年轻姑娘宣讲女人应该趁青春嫁个脾气好家世清白的小伙子的张老师。我多么希望你们进电影学院的第一印象,就是这样一个寡淡无趣的女老师。

在寂寞无助的文字生涯里,找乐子的法子那么少。我多么希望那仅有的几个,足够我们行不尽太平日,当不完太平人。

再招学生,只有一个要求,不管能不能成名成家,就踏踏实实地,好好活着。让你们的妈妈回家就看到你们。让你们未来的孩子,能在你们的陪伴下安心长大。

从我做起,从现在做起,不拖了,不管写完没写完,马上就吃午饭去。

月台

最怕坐火车。

上大学的时候,火车上认识人生头一个可以称呼为男朋友的人,我在北京,他在西安。我们每年只见假期那几天。假期结束,拖到不能再拖,开学报到最后一天,他送我去火车站,彼时我尚年幼,却仍然不敢放肆当人泄露感情。招招手,火车快开了——哗,火车真的开了,有人追着车跑,有人号啕大哭,那都不是我们。我往往目瞪口呆望着身边这样感天动地折腾的小情侣,呆呆问自己,我为什么不哭?我怎么就哭不出来呢?

那一年,我们十九岁。

那个男朋友,平均每隔一周寄来两封信。厚厚的信纸,连写带画,常常超重。每次收到都迫不及待拆开,然后再赶紧迫不及待合上。实在是话不投机,然而没有他,却也根本没有别人。如果不是他,在男女比例一比七的艺术院校待着的青春就更加啥也没有。明明知道不对劲，却怕到不敢承认不对劲。巨蟹女的贱，那时候就彰显无遗。渐渐知道他在西安还有一个前女友，咦，不是前的？啊，怎么仍是现在进行时？那我是什么？这这，情何以堪。

最后一次见面，我大学快毕业了，在澳门卫视实习。Base 在中山。美丽的小城，安逸晴朗的冬日，写字楼下常年卖五块一个的热蛋挞，蓝山咖啡五十块钱一杯。菜鸟张当时是专题组一个小小的实习生，只买得起两块一枝小雏菊贿赂我们制片人，每天忙着从街头窜到街尾跟卖茶叶的大姐学说中山口音的广东话。我跟我的"男朋友"，我们甚至连再见都没说，就再见了。

那时候年轻，不知道就此就再也见不到面。"非典"的时候我莫名其妙有了一辆手动挡的车，超级难开，有天我在楼下艰难地倒车，手机忽然响起，我接听，是身在另一个重灾区深圳的他打来，状甚关切地问我是否知道如何预防。我礼貌客气地表达感谢，手机挂断，我"咚"一声撞了全小区最贵的一辆SUV。

那是我们最后一次联系，我甚至没有来得及要一个他的联系方式。理论上我十几年没有换过手机号，如果他那时候找得到我，现在应该依然还找得到，既然没找，那就是不想找了。

我一直骄傲，他不找我，我找他干吗？其实我偷偷百度人人过无数次他的名字。我只是找不到。这些年，人事更迭，红尘寥寥，我找不到，应该是天意吧。

如果不算中学时代无疾而终的初恋，这个人，算是我回忆录里的第一章。从来不需要想起，永远也不会忘记。时光久远，不开心统统忘了，就记得我们第一次约会，他从西安逃票跑来北京看我，我从学校溜出去跟他去看冬天的大海。秦皇岛还是北戴河？二月底的春风依然似剪刀，我坐在嶙峋的防洪堤上被风吹得俨然像个傻丫头——当然搞不好我真的就是——看完了，拉着手去吃鲅鱼馅饺子，哗，不是不浪漫的。

没什么快乐的回忆，也不算真的什么都没有。百转千回，居然还有回忆。搬家、换男友、结婚，"男朋友"寄来的六十三封信一直用一个破塑料袋装着，再也没打开过，好像也舍不得丢掉。荒唐是荒唐，荒唐里竟仿佛也有颠倒梦想。

一转眼，奔四张了。还是没忘。深夜里看见西三环上绝尘而去的别人的车灯，觉得中年归中年了，该长好的地方还是没长。

其实我也不知道为什么要写这么个东西。也许不过是因为恰好打电话给我女学生的前男友，而他恰好正在上火车。他告诉我，她的老师就是他的老师。

那一瞬间，我忽然有点冲动，想发短信给我已然成婚幸福生活的女学生说，你看你看，不是什么都没有剩下的。

当然我一个字都没发。你们都懂的，我是个相当靠谱的姑娘。

自在

大概最早可以追溯到广院时代，我第一次被人说是"神人"。其实我一点儿都不神，我既不穿素花长裙光脚帆布鞋又不戴银镯子什么的，也没有什么死去活来的恋爱可谈，除了钢琴和视唱练耳老不及格，我的大学时代真是一点可供传扬的传奇经历都没有。然而，事实就是，我成了"神人"，一神三千里，上下十几年，真应了一句古老的广告词：做神人，挺好。

说我"神"，也不是完全没有根据的。比如我经常在广院附近邂逅一些莫名其妙的人物，这些人跟升官发财建功立业都没关系，好多人我后来干脆连记都不记得了，但是当时看来，我就像一块久经试炼的魔法石，周围三里地但凡有看似不靠谱的人和事儿，一定能吸引到我身边来。

大概是大三还是大四吧，我们一个屋子的女生一组，发一台巨破无比的摄影机，要求在广院内部拍一段人物采访。一群姑娘浩浩荡荡向着广院后门而去，迎面撞见一个三十来岁的中年男人，看起来不像学生。众人一合计，也不记得是怎么合计的了，反正最后就是我跟同屋的班花吴妈冲上去要求采访人家。男人挺nice，就答应了。采访完了，留了我们的电话。我"很机灵"地没给，吴妈更机灵地给了呼机号，这事就算结了。

两天以后，我跟吴妈跑到广院后门去买西瓜。忽然被人叫住，一看，咦，这不是前天采访过的那个男的吗？竟然又撞上了，真是缘分啊。男人很慷慨地请我们吃了个西瓜，就这么一来二去的，到底是年轻，就成了朋友。说也奇怪，我大学时代明明是个小胖子，长得那是要多土有多土，枝肥叶厚更衬托身边吴妈的妩媚多姿，结果这男人不知道为什么偏偏就跟我对脾气，一口咬定我这姑娘人有趣，非要给我介绍对象。

介绍就介绍呗，人家那么一说，我也就那么一听。结果竟然真有饭局，对方号称是中关村一小公司老板，北京人，有三处房几辆车什么的。1998年1999年那时候，年入二三十万，反正吓唬我这样没开过眼的女大学生是足够了。我果然被吓唬住了，掉头就跑，心说什么路子啊，俺小张的人生还没开始呢，哪能被个村里的小老板拐卖了！

落荒而逃以后，小老板是甩掉了，西瓜哥还是朋友啊。我告诉西瓜哥，您就别操心我的终身大事了，我决定了，我要考研，上电影学院去！西瓜哥一听，告诉我说，考研好呀，我认识电影学院后勤的×××，我给你联系联系，你住电影学院的留学生宿舍去复习备考吧。我吓坏了，就差没直说了，大哥，我可不接受潜规则，您跟我非亲非故的，这么帮我，这是为啥呀？结果西瓜哥告诉我，啥也不为，就觉得你这丫头挺好的。反正我也不花钱，是电影学院后勤钻的漏子，让你去，你就去吧。

得，反正我也没地方住，硬着头皮就去了。考试之前，西瓜哥送了我（确切说，是借给我）一只玉蝉，蝉嘛，就是知了。他说，知了知了，就是知道了。考试带着，无比吉利。结果我这个超级小白在考试前一天给人家摔坏了，吓得呀，幸亏人家没叫我赔。

考完试，我就回了西安。接着南下中山，开始了在澳门卫视旅游台的实习生涯。我没给西瓜哥打过电话，西瓜哥也没联系我。就这样，直到我上了研究生，我也没再跟这个简直是天降的吉星联系过。我的想法也简单，联系了，说什么呀？谢谢你？请你吃饭？这是吃顿饭就能回报的感激吗？我又不会用说的来煽情。反正玉蝉也摔坏了，还也还不了，索性就不联系了吧。

不联系了，不代表我忘了他。我生命里遇到的这种莫名其妙帮我的人特别多，每一次关键时刻，总有一些根本不熟的朋友跳出来，帮这个忙，那个忙，人品简直好到我自己都没法解释。这些人直接把我培养成了他们的接班人，后来我给一代代的学生找工作、推荐剧本、介绍关系，我都觉得同样是理所当然的。我自己不就是这么混大的吗？

广院毕业十年，西瓜哥再次突然出现，短信问我近来如何。我回答，一般。西瓜哥也不多问，直接告诉我，出来爬山吧。上山半日，途中艰苦，到最后你会发现红尘了了，无处不自在。

我被他这话鼓动了，于是参加了平生唯一一次绿野驴友活动。去了才知道他妈的竟然难度系数1.5，根本不适合我这样完全没经验的新驴，我最后带着一身的伤狼狈回家，腿膝盖痛了起码小半年，暗骂广告害死人，什么红尘了了，差点没成汗血宝马才是真的。

转眼又是一整年。今年收到的唯一一个西瓜哥的短信是这样说的："看到你发来《杜拉拉》即将播出的消息，上网搜了视频。呵呵，你把电影学院的logo贴得到处都是。在我心里，张巍的logo应该是自在的生命，愿你活得像我想得那样舒服。"

自在的生命？舒服？

这位大哥，咱俩十几年来认识的是一个人吗，你确定你没穿越我没变疯吗？这这这，这误会也忒大了，活到这么大，我几时有过自在的生命？还是说，当年所有广院时代为那个横冲直撞的小胖子下定义为"神人"的朋友们，在你们心中我其实都是自在自由的？

我太对不起这些朋友们了。我简直是演技派啊。

有谁真能得到自在的生命呢？这些信了佛，茹了素，上了山，听了经，不争不抢不追不问的先辈们，你们的生命自在吗？如果真的红尘了了，无处不自在，何必非要上山去呢？

认识一个朋友十二年，期间联系不到十二次，这一次，我可真的不会回短信了。

三行情书

早上起床,因为做了个狗血的噩梦而怏怏不乐。

打开电脑,微博里看到了胖子史航转发的日本"三行情书"视频。看完了,长吁一声,很好,原来我泪腺并未失调,看来真的是国产言情小说的问题,不是我的问题。

在"三行情书"里,我最喜欢的几个,全是中年人写的。有一条来自37岁的爱知县男人,"凝视手中短短的生命线／自言自语是否真有命运／沉默的妻只是拿笔将它延续到手腕",哗地将我的眼泪逼了出来。再看史航的推荐,他果然还是喜欢少年情怀的。看来婚没婚、子未子,差异就是这么大。

换作去年之前,我爱的肯定也是这种没指望里又透着一点小希望的句子。那些突然而生的卑微,那些隐匿不住的渴望,那些下了雨就会猛涨出来的心事,不下雨也藏不住。我喜欢你,可你竟然不喜欢我。又一次又一个人不喜欢我。我一直都知道,我喜欢的人永远都不会喜欢我。世上还有比我更孤独的人吗?青青子衿悠悠我心,挥手自兹去,从此就一水隔天涯,此后经年,便是良辰美景虚设。我不会死,我将只是萎谢啦。

是这个调调没错吧。《小团圆》的开始,《桃花红》的中途,《陪你一段》的结尾。抵死文艺抵死缠绵,这一颗柔软的老心脏啊,真恨不得死俾我自己睇。

若是现在呢?若是现在喜欢一个人,要写三行情书给他,我会怎么写?"我偶尔还会想起你／就像你偶尔也会想起我一样／只是,我们都忘了对方。""抬头前行吧／就算是一个人的旅途／我们终将孤独。"

这算是什么情书?这简直是写给岁月的笑忘书。不再对这些莫名的好意怀抱指望,原来就是传说中爱的代价。

家家有本难念的经

胖同学总跟我显摆说，他对我做的最大贡献，是把我的视野从天涯杂谈拓展到了水木家版。其实他不知道，俺以前是混西祠的，文艺就是横亘在我跟六六这样的天涯老鸟之间的巨大鸿沟，我们年轻时代只要发帖，言必称港片港剧台湾电影陈升罗大佑万芳北野武黑泽明，放眼望去，谁没有几句青春里蓬勃的杂草回忆里淡淡的伤痕之类的句子，谁家婆婆谁家孩子谁家儿媳妇的事那怎么可能在我的人生里出现，不感兴趣也不相信，都觉得这种天方夜谭离自己八丈远，结果活到三十大几，回头一看，原来是错别字啊，合着是"离我巴掌远"！

家版混久了，渐渐掌握了精髓。其实说穿了精髓只有一个字："离！"同时感慨万千地觉得，为什么偌大一个家版，动辄九百多人同时在线，放眼望去，70%都是怨妇，剩下的几乎全是猥琐男？难道我们结婚前都是鱼目混珠里的珠子，一等婚后，就成了混浊的鱼眼睛？心里有气，跑到一处全是ID的地方撒撒火，说的全是我婆婆怎么不讲理，我小叔子小姑子怎么理直气壮花我老公的钱，我老公怎么不跟我沟通，我每天又带孩子又做家务辛苦得要死他回来不跟我说话还闹着要跟我离婚！不过了不过了这日子没法过了，要不是为了孩子我就要去死！

比如今天闹上十大的那一帖。女人发帖抱怨说老公突然离家出走，打电话号称要离婚，理由是"价值观不同"。女人闹不清楚："你啥都不跟我沟通，咱们怎么就价值观不同了？"一群看客纷纷跳出来谴责老公："有了两个孩子怎么能说离就离呢，睡人家的时候怎么没想价值观的事，睡完了才说价值观，你丫不要抵赖，必然是有小三了！"最后是潜伏的老公自己上来辩护了，摆事实讲道理地说，原来离婚一事还牵涉到房子，婚房是女方家长婚前给买的，男方出了最后的二十万，结果女方怀孕期间丈母娘和岳父来家里照顾女儿，跟女婿住不到一块儿，丈母娘怒了，要求男方还钱。男方经此一役，发觉妻子一家都是市井小民，遂得出"价值观不同"的结论，要求离婚。妻子不同意，丈夫就索性出走鸟。

我喜欢水木的一个最大的地方，就在于在这里总能看到不同视点的事实。相比天涯里一边倒的怨妇诛三帖，或者人人开心等网站里经常转载的缺乏基本逻辑和生活依据的狗血yy婆媳大战帖，我更愿意看这里聪明得近乎尖刻、凉薄到简直冷血的回帖。是啊，哪有那么容易断的家务事，谁家没几本难念的经，这才是真实的生活吧。

真实的生活，原来就是根本没有薄情出轨的老公，也没有特别势力市井的丈母娘，更没有拿孩子要挟寻死觅活的年轻妻子。大家都是人，都有私心，都有为自己优先打算的企图。老公显然是极品工科男，估计打小好学生惯了，就算家里再穷，也穷横惯了，如今翅膀硬了，觉得这个老婆实在是哪哪儿都没优点，生出两个孩子，月入才四千，又超级没有安全感，索性离了清爽；而这个老婆显然是智商情商跟老公都不在一个层面上，持续沟通无效还一再坚持无效沟通，没幽默感也不够聪明，说来说去都要离婚了，愣是不明白什么是"价值观不一样"！出来哭诉，凡举例必然是什么"我对他多好，什么都不让他干，我做了多少家务，他不跟我说话还要跟我离婚……"真是忍不住叫人长叹一声。

说来说去，这不还是钱的问题吗？要不说贫贱夫妻百事哀呢，不用贫贱，我看白领就够哀的。一生生俩，老婆才挣四千，老公是个石油公司做软件的，算他税前三万，到手能多少？两口子加一块儿一个月三万块，老公各色嫌烦，不要保姆，不要丈母娘，老婆必须每天跟家带孩子喂奶。你指望一个大门不出二门不迈的奶妈能有多少跟世界 update 的时间和机会呢？资讯跟你一样对等，情趣跟你一样丰富，身材跟生育前一样，阴道不松弛或者肚子上没疤？这怎么可能呢？然后越这样，老婆越没安全感，长此以往，当然家将不家。别老拿小 S 举例子，她一个不喂奶的，更何况小 S 没准儿还被家暴了呢。有多少男人或女人能忍受两口之家突然变成了四口甚至六口，三居室变成了没有落脚之地，屋子里本来飘着香精油的味道换成了奶骚甚至尿骚？不说别人，我自己第一个跳出来承认，我受不了。

怀孕以后，住房问题突然成为我家最大的当务之急。我跟胖同学两人被新政策搞得都无法再贷款，全款买一处我能住、孩子能住、胖同学能住，离我爹妈近且位于帝都北京的房子，是多么不可思议的一件 Mission

Impossible。如果我们尚且要为了一个房子搞得几乎离婚,家版这些突然离家出走的老公,突然劈腿跑路的老婆,突然翻脸的婆媳或岳婿,真的一点都不奇怪。

我们都是人。最普通最平常不过的人。我们的文化教了我们忍耐,却没教过我们,忍不下去或者忍得很难受的时候,该怎么处理。一个男人给不了你全部的将来,一个孩子也绝不会是什么救赎的良药,一个女人更不可能成为永远的公主和新娘。茜茜公主最后还是个悲剧呢,你还想怎么样?

所以,也只有睁一只眼,闭一只眼,揣着明白,装着糊涂,能过就过,不能过就散,该争的财产寸土不让,该厚道的地方高抬贵手,祝你幸福,也祝我平安。孩子是咱俩的,你要管,我也要管,不过儿孙自有儿孙福,也犯不上为了他搭上咱们一辈子。这样的婚姻,你觉得有劲吗?

我真觉得还行。

生日快乐

九岁以前不论。今年之后的事情不知道。三十三岁的生日真是史上最惨淡荒凉的一个。

收到几个学生发来的豆油。开心上收到几份祝福。表妹来家里看我,带来一只大毛熊。老洪送我一瓶香水,柴德托人带我一瓶精油,又千叮咛万嘱咐说要等生完孩子以后再用。有个学生做了个手工的牛皮钥匙包,要走了我的地址。没了。

我自己也没有过生日的兴致,天气那么热,体重那么沉,心情那么烦躁。无论如何不可能会快乐,所以何必多余问这一声。

从人生经历的角度来说,怎么样都是好的。从常识的角度来说,我觉得灰心丧气只不过是孕期荷尔蒙错乱的副作用。从大部分二十几岁的孩子的角度来说,三十三岁的女人了,过不过生日又当怎样?从我自己的角度来说,这个生日跟我的婚礼一样,因为知道谁也不看重,所以自己早早就大喊大叫着，我不care！等几年以后回头再看，人生真是乏善可陈。

　　自省精神太强，最大的坏处就是，总是不停地琢磨，我是不是不宽容不理智不大气，我现在有诸多抱怨，这是不是都是我的错？因为我是个孕妇，所以大家都原谅了我的脾气，那我是不是不该原谅我自己？

　　但是平心静气下来，我这个孕妇，一学期坚持上完了两百九十二节课，并未休过任何一次病假或有一次迟到或早退；写完了一个五十集的电视剧；卖掉了一个小说版权；如今已进入孕七月，手里仍有两个三十集电视剧和一个电影在进行，下个月我要飞上海去宣传杜拉拉，我欠了世界什么？我有对谁不起么？我干吗总是满心抱歉时时三省吾身？

　　有些时候，我觉得最令人恐惧的台词，莫过于《海盗电台》里那个牛逼的胖子DJ坐在甲板上，摇头晃脑地告诉对面仍然握着满把青春的英俊少年："我人生的高潮已经过了，自此以后都是下坡路。"

　　起码从生日来看，这预言是真的。

谁是千堆雪，
谁又是长街？

早上爬下床的时候，几乎要十一点四十了。我娘很无奈地撤去早餐，直接端上午饭。看我脚步虚浮脸色蜡黄睡眼惺忪，还当我熬夜干什么了呢，谁知我摇摇头告诉她，我什么也没干，临睡前只看了半部《教父2》，夜里也没再跟毒蛇猛兽虎豹虫豸做凶猛搏斗，但我还是惊醒数次。梦与梦的间隙，梦非梦。早上醒来，一边是手机里各种或真或假的三八短信，一边是拉开窗帘，白茫茫大地真干净的料峭早春。我倦得只想喝杯热茶。

我做的的确不算严格意义上的噩梦。梦了一晚上，全是人。可是我梦到的简直比史上最汹涌的噩梦还要激烈，整整一个晚上，我与我一生里喜欢过但是不喜欢我的男性，集体会晤了一遍。我梦见我变成十几岁少女，到四中去找胖同学，却不知怎么迷了路，在另一个门口遇见我暗恋了不知道多少年的师兄，我请人家带我找路，人家不肯，我愤然转身狂奔……下一个镜头里，我却又骑上了自行车，要到什么人家里去送信。信送到了，打开竟然是一张请假条，对方愕然望着我，尴尬莫名地朝着自己身边的女伴讪笑。我就那样霍然惊醒了。醒又醒得不透，只消片刻，新的梦境又扑面而来，不知所以，也不知所终。

梦里面，我没有脸，只有背影。我在我自己的梦境里，始终是个狂奔的、没有方向的、面目模糊的少女。凌厉的强势的聪明的我跟这个少女共存了这么久，每当失意低回，那个少女就会蹦出来，提醒我其实是个多么希望凭借某些好意来肯定整个人生的人。她在我身体里越久，我就越明白，那些你求的，终究，不可得。

在人生的这个时刻，应该彻底承认，少年已老。梦里的人，醒来的时候，几乎都记不得长相。他们不是千堆雪，我也不是长街，何须千山以外，明月早就不知道照谁家沟渠去了。只是这些梦，它们提醒着聪明的凌厉的强势的我，你的青春，已告别了。你所有的，无论多少，都是你仅有的。

不知道有多少中年人，会像我一样，在一夜梦醒之后，会突然接受自己中年人的身份。那真是一种，并不需要人懂得的心情。

领悟

买了一套正版的李宗盛《理性与感性》演唱会的 CD 塞进小白的音响里。这两天开车到处奔波，时时在 GPS 不认路的时候刚好发现音响里播着《伤心地铁》之类异常应景的歌儿，令人很难不爱李宗盛。

不用到处奔波之后，我心安理得地胖了。某天去百盛超市买了小三百块钱的菜，打电话告诉胖同学说，晚上回家吃饭吧。他大吃一惊，当下以帮我重装电脑作为报答。殊不知我真的只是忽然很想做顿饭吃。多年没下厨，切土豆丝的时候几乎切掉小半个手指头，缠上创可贴继续战斗。一个小时多之后，我焖好米饭，烧了带鱼，炒了青椒鸡丁、土豆丝、西红柿鸡蛋和蘑菇。没时间烧汤，索性洗干净两个杯子倒满葡萄汁，假作红酒充数。这顿饭，我自己都连添两碗。我实在不是个好主妇，但胜在我跟胖同学多年没有家常菜吃，偶尔露峥嵘一顿，像模像样之下就忍不住放开怀抱——心说反正吃了这顿，下顿还不知道在哪儿，何必不吃呢。谁知第二天胖同学在家工作一天，于是马上有了下顿。我把冰箱搜罗一遍，找出两只胡萝卜，又找出头一天剩在冰箱里的鸡丁，炒了一个胡萝卜鸡丁蛋炒饭。嫌弃炒饭没有绿色，拿了瓶在东京机场买的气味粉撒上去，居然也花红柳绿。怀抱着很想显摆我是个贤良女子的虚荣心，我跟胖同学说，我们拍照片发到水木 food 版吧！胖同学挥手就给我撅回来了："人家那上面都是专业人士，你这发上去会被拍死的……"气咻咻地打开开心网，看见几张百合的厨娘照，那个架势直接震撼了我，再一看烹饪内容：烤蘑菇！当时我就哽咽了——大家都是客串厨娘，为啥我的蘑菇就只能跟葱花一起胡乱炒炒就出锅呢？

节食逐渐成为一个传说，周末又去了婆婆家蹭饭。路上胖同学开车，李宗盛同志开始唱《领悟》。我听了起码也有一万一千遍《领悟》了，忽然之间，还是觉得歌词很堪玩味。我问胖同学，如果某一天，我真的不再渴求任何爱，任何好意，任何诸如此类的东西，我是不是也就算是挣脱了情的枷锁爱的束缚从此可以任意追逐了？胖同学大摇其头，问我，那还活着干啥？

我：……

我不敢说我活开了。但是求的东西真的越来越少。还是会有忐忑焦虑上蹿下跳气喘心悸。但是，没那么非谁不可，非要不可，非这样或那样不可。我不知道这算不算是好事一件，但开始平静，不做梦，不怨怼，不强求。我估计，这就是老了。

老了就老了吧。谁能不老呢。老了，平静最好。安安静静接受自己，是我今年最大心愿了。

你是你，
我是我，
他是他

　　元宵节，前男友同志打来慰问电话，说要给我儿子送礼物，我老实不客气地说，好呀，尿不湿要日本原产，礼物请送名牌，宰你我可没商量，反正心疼钱的是别的女人，跟我有啥关系。

　　挂了电话，心里感慨万千。我当然不会去看《将爱》。让最爱怀旧的巨蟹去怀旧，不如你直接把她打哭好了。伤心人别有怀抱算什么，最伤心的是各自别有怀抱，见面亲如老友，然后彼此言之凿凿地谈着你老婆我老公你儿子我儿子如何如何，各自都是时尚杂志里幸福的小康家庭的楷模，分了手，却忽然看见天边一朵云。

　　我们当然开心过。我最好的时间都给了你。明明知道没结果，我们也厮缠了整五年。最后也算和平分手，分手之后各自嫁娶，根本没翻脸。我们都生了儿子，我们几乎不再联系。如果联系，一定是你联系我，因为我骄傲。我的骄傲不允许我联系一个跟我和平分手又和平地娶了别人的男人。最后，我们都老了，虽然不是一起老，但是胜在殊途同归。

要过这么多年我才肯承认，当初是我自己放弃了。你不是我以为的那个坏人，我们不过是个凡人，我做前女友有多优秀，做现女友就有多差劲。我老早已经原谅你，却一直没有原谅我自己，归根结底，我不够爱你。我不曾深深爱过任何人，像爱我自己那样深。

原来你永远是我青春的一部分，不可否定，无法抹杀。虽然我早跟青春没了关系，虽然你是你，我是我，他是他，但当这场烟火划过天际，我当然没有想起你，我只是，想起了我自己。

忙与盲

我忙得不知春夏秋冬日与夜。白天已经惨过剃头，夜里总是睡不安生。不知多少夜了，我从噩梦中惊叫着醒来，窗外天色总是茫茫然的黎明，我要翻个身，抱紧怀里的小毛熊，看着旁边熟睡的胖同学，才能压抑下来那些莫名其妙的恐惧感。

噩梦的内容总是差不多的。毒蛇、猛兽、怪模怪样的虫豸。我夜夜奔波在梦里的潘多拉星球，同《第九区》里的大虾人交战逃生。《实习医生格蕾》里说如果人得了绝症，梦境就会提示你，我就纳了闷了，以我这做梦的内容，能得什么绝症呢，莫非是寄生虫吗？

手里在忙的八百件事儿里，跟我自己的饭辙相关的，估计连八件也不到。连我家钟点工都开始对我表示同情地说："你也太忙了！像你这么忙，得赚多少钱啊？"我苦笑着回答人家说，我这一上午就没忙活一件自己的事儿，一分钱我也赚不到。钟点工接着说:"那别人能赚着钱不?"我点头说,别人行。钟点工就摇头了,说:"那你是图什么啊?"我愣了,仔细寻思半晌,发现完全回答不了"图什么啊"这么艰深繁复的问题。

我在忙什么呢?有一个我没见过面的女导演,把我介绍给了一个我更加不认识的男导演。两位导演都是新人。男导演有个不成熟的剧本想找我改,我推荐了我的学生哈哈。可男导演急了,怕我要跑,见天儿给我打电话发短信要跟我"一起谈谈本子",所以我得看哈哈修改完的剧本,还得去吃一顿提意见的午餐。《杜拉拉》的小说要做宣传推广活动,可电视台编导的电话打到了我们电视剧的制片人那里,于是我要用一天时间去录制一期莫名其妙给别人宣传的节目。再比如就是从前教过的某位学生要出去磕活儿,自己写了东西又怕不成,事先发给我瞅一眼,发完了还跟你说:"赶紧啊张老师,我这边急着呢。"你说这咋整?我一点儿法子都没有。

再忙人也得吃饭。于是趁吃饭时候聚会见朋友就成了唯一的放松方式。正好这礼拜研究生时期的同学陈师兄从浙广来北京招生。我跟老洪他们整个宿舍的男同学趁机聚会一次。来得最晚的是一群人里最忙的赵制片人,这位仁兄自打做过《亮剑》、导过《沧海》之后就被我归入了"成功男士"的范畴,我同他自《震撼世界的七日》之后就没有见过面,谁知他居然没啥变化。穿个套头毛衣,从机房溜达着就来了。老洪不必说了,我满含羡慕嫉妒恨地挤对他是"类型作者电视剧"创作者,新戏也快开机了。浙江金华考来的郑师弟如今是著名剪辑师外加孩子他爹,陈师兄在杭州教了那么多年书,除了头发掉了一半,也当了爹之外,基本无甚变化。一群人把酒(其实是西瓜汁和玉米汁)言欢话当年,陈师兄忽然说起大家刚上电影学院的时候,我经常在课间跑到马路对面的蓟门小区，匆匆忙忙地给《影视同期声》的制片人和编导们发传真——那时候我在那个节目组做文稿统筹打工赚学费，研究生的课太多顾不过来，制片人恩准我用传真把每日串词发过去，工资一样照发，于是我就成了狂奔的巍巍。这一晃眼，十一年过去了。陈师兄拿他带着云南口音的普通话慢悠悠地微笑说："张巍，你有今天，从那时候就看出来了。"接着又引申道："看，大家都走上了当年就看得出来的道路。每个人都过上了自己想要的生活，都在这生活里过得挺滋润的。真好。"

聊天到晚上十点，终于散了。我还要回家接着赶稿子。在四环路上等红灯的时候，想起白天小丽杨发给我的短信说，她见到一个很像我的女人。那女人的特点是"眉头总是皱着，一脸焦虑"。终于忍不住乐了。十一年了，我居然还在风风火火地奔跑。总是焦虑，总是不耐烦。总是恨不得买个风火轮踩在脚下。总是大嗓门高调浓香水。总是在任何场合有任何机会都会问任何有可能的人说："哎，我有个戏，你们公司有兴趣么？"我真是……生生不息啊。

不知不觉的，十一年了。我在奔波中过了整整十一年，这样多好，一点不觉得时间有重量。还能跑多久呢？什么时候，才能平安如江河湖海？

我真的期待那样的平安吗？我自己也并不知道呢。

十一年

中午跟某著名门户网站的高层吃饭,商量新书的版权出让问题。在座的全是女人,见面热情握手,分别客气地点头说"哎呀您真年轻",然后再分头客气道"不年轻了不年轻了,您哪年的?"这么一寒暄,发现我和她们那边的两个高层全是1977年生人,众人都是尴尬得一阵沉默。我盯住那位同年龄的副总编的眼睛,没话找话地说:"我好像见过你。"副总编肯定也是被搭讪过无数回的老江湖,马上笑道:"不可能吧,我在这家网站超过五年了。"我不甘心地问:"五年前呢?"她说:"在《南方都市报》。"《南都》我没熟人,显然对不上。人家看我搭讪无望,转过头来安慰我说:"应该不会见过的,我之前一直都在广东。"我咬定青山不放松地持之以恒:"我的第一份工作就在广东,澳门卫视旅游台,待过三个月。"只见那位女高层表情一呆,几秒钟后,她望着我说:

"我也待过三个月！那是十一年前！"

就这样，两个十一年前前后脚当过几天同事的大学毕业生奇异地相逢了。十一年后，我们距离当年那个叫中山的小城已经几千公里，她是某个著名网站的副总编辑，我是她们请来合作的所谓"著名编剧"。这才真正是人生何处不相逢，遥远的前尘往事里，那个在中国南方和煦的冬日暖阳下为了自己的将来茫然落泪的小胖丫头，哪能想到十一年后，五道口的某个饭局上，还能上演这么一出惘然记。

最近频频蹭学生们请的饭，规格越来越高，到了昨天跟2006的三个龙精虎猛的帅哥杀入无名居某包间的那一顿，我开始感觉到了久违的不好意思。实在太他妈贵了，结账的时候，觉得连肝儿都在颤。毕竟是刚毕业的学生，三个人里倒有两个还没开始领工资呢，身为人民教师，这么吃孩子们的，良心异常不安。回到家，跟胖同学显摆晚上同三位"80后"帅哥吃了顿高级饭的事迹，胖同学问我，人家为啥要请你？我摇头晃脑地回答说，我通过师姐给一个孩子介绍了工作，通过来找我谈合作的某公司高层给一个孩子介绍了工作，还有一个孩子虽然是自己找的工作，可是据说他的顶头上级，是我2005升本班的学生泰然！就这样，三个孩子就斥巨资请我吃了一顿。胖同学点点头，说，这个事儿吧，一是说明你确实关系网挺广；二呢，说明你实在不年轻了。

我愣一下，可不是嘛。我2005升本的学生都当了2006本科学生的领导，我2004的学生在给我张罗电影和电视剧的项目，帮我做话剧的是中戏和北电的两茬弟子哈哈，2005本科的学生有两个当了我的开山大弟子，两个去了跟我常年合作的公司，2007级的一堆孩子纷纷给我打明年考研的招呼。不知不觉的，我竟然也各处都是学生了。成就感的背后，是漫长的十一年岁月。从1999年本科毕业入行，一边读书、一边教书、一边写书和剧本，我的人生，何尝不是一部《浮沉》？2005年博士毕业之前，统统以沉为主，70%以上精力都在催款、要账、打官司。2005年底开始逐步跟传说中的各大影视公司合作，开始经手所谓的"靠谱项目"，见到靠谱和讲理的制片人，开会的时候，互相尊称一声"×老师"。2007年认识我现在的老板，2009年写了杜拉拉。作为非科班出身、完全没学过剧作课、家里祖宗十八代没一个干这行、交往过的男朋友无一圈内人的外地姑娘，我走到今天，用了整整十一年。

终于，不年轻了。真实的人生里一点没有传奇，完全没近路可抄，至今没混成著名或者一线，从有搭档混成了没搭档，每次被人问起所谓代表作，也无非仍然是数年前那一个。饶是如此，也花了整整十一年。年年毕业，看着整整齐齐雄心万丈忙不迭地甩开西土城路4号那个歪歪斜斜的大门的孩子们，总忍不住想说一句特别招人烦的话，别着急。没有个三五年，谈不上对一个行业熟悉，必须花七八年，才称得上资深业内人士。谁不想少年得志，早早成名，可这么多年来，有几个人真见过少年成名，然后一路痛快直到老的？

说来沮丧，总有消磨。留下来的，是消磨不掉的，雨打不去风吹不去的，说了一千道了一万之后，仍然徘徊往复的。我管那个叫真爱。

回头看看，我们都是这样长大的。

寄居者

一早醒来,就发现手机上有几个未接电话。打过去,是教钢琴的小姑娘,她焦虑不安地问我:"东城分局你认识人吗?我男朋友昨天酒后驾车被抓了,可能要拘留。我想你们干这行的,总归认识的人多一点。"

真够巧的,昨天晚上我刚跟人交流过酒后驾车谁捞谁的问题。我老老实实地回答,我彼时的答案与现在一样——不管你们信不信,我都确确实实是个顶没用的人,社交圈简直就谈不上,就算偶尔认识什么人也不会舍得低下我高傲的头颅去求人办事。虽然那高傲简直一文不名,我居然还是颇为以此自诩——这辈子,我没为了我自己的事儿求过什么人。我简直很难想象将来我有孩子,我要为了他上学而求这个那个,就像现在别人的父母经常对我做的那样。说真的,有时候我尴尬到完全不知道要怎么应付这样的局面,我甚至不知道我在替谁尴尬。

硕士毕业那年,我拿着我妈给我的不值钱的字画在某位领导门口徘徊了两个小时,最后也没有进去,落荒而逃地骗我妈说我送了礼。那字画现在还在我书柜的最下一层躺着,时时提醒我自己是个在现实生活面前多么没用处的人。在我人生所有的重要时刻对我施以援手的人最后统统以被我彻底不联系作为报答——有时候我自己都觉得我的理由牵强得可笑,我告诉我自己,我铭记着他们。但是怎么办呢,我尴尬到没办法没事儿就跟人家嘘寒问暖地联系一下。从某种角度来说,我是最没良心喂不熟的白眼狼,这是真的。

不用上钢琴课,我有了个偷来的下午。不想干活,我找出了本严歌苓的《寄居者》来读。书没有我想象的那么"好看"。我指的是情节的跌宕起伏上的。比起之前的《小姨多鹤》,《寄居者》因为第一人称自述的关系显得克制和理所应当。但《寄居者》里的女主角却是自《一个女人的史诗》以来第二个严歌苓笔下能让我找到认同感的女人。不,应该说更有认同感,毕竟除了爱昏头的那几年,我不大会像《史诗》里的女主角那样死乞白赖非要在一个男人的心里烙下痕迹,为此不惜牺牲了青春美丽和其他选择;但自始至终,我跟《寄居者》里的MAY一样,都是个彻头彻尾的女冒险家。

要用什么词儿来描绘这一类的女冒险家呢。生机勃勃与悲观厌世几乎是同时存在在她们身上的。她们不要做凡人,无论是爱人还是被人爱,她们都要追求那戏剧性的一瞬,为了这一瞬甚至不惜豁出命去。凡是通往Happy ending的正常路线全被她们自发自觉地破坏了,但明明又胆小,一点点波浪曲折已经足以让她们不想活。事情真的来了,你们看吧,能咬牙坚持到最后的肯定也是她们。她们会像打不死的蟑螂一样活下去,不管以什么面目,身边是什么样的人，她们总归会活下去，然后继续把日子过成不那么美满却也没办法三言两语就概括掉的一生。

《寄居者》让我最喜欢和最讨厌的都是结尾。真麻烦，我在1/3处就猜出了结局，然后眼睁睁看着它一步步实现，简直不耐烦。

然而。我是说然而。MAY最终没有跟任何一位男主角做成寻常夫妻。严歌苓在这里表现了她比通常的好莱坞编剧高明的地方。MAY不是卡门。《寄居者》也并不纯然是一部关于爱情的小说。从《小姨多鹤》甚至更早的《金陵十三钗》开始的关于为什么总是有一些人觉得自己有权利去欺负另一群人的诘问越发地气急败坏。可就是在这随便的笔锋一转里，她仍然没有辜负我的期待，MAY自始至终保持了无家可归的灵魂。

有些时候，我们管这样的灵魂叫作自由。另外的一些时候，它们没有这样优美的名字，取而代之的是不安分或者不靠谱、没长性。可是，如果可能，哪个女人没有一个这样的灵魂呢。它们寄居在某些叫作男人爱情婚姻的土地上，无论多长多久，都一样。它们不是居民，不是过客。它们自己也不知道会待多久，土地也不知道能容它们多久。

就像这本书的结尾一样，这是最沮丧的部分，同样也是最激动人心的所在。

山水有相逢

有个朋友知道我喜欢香港老电影，推荐我看一部在我看来一点也不老的港片，1995年中国星出品，马伟豪编剧导演、刘青云袁咏仪蔡少芬主演的《山水有相逢》。我有一搭没一搭地看，用了一天时间才把一整部电影看完，从开始的满不在意，看到最后哭了一鼻子，堪称有出息至极。

马伟豪确实是个编爱情片的老手，没什么大起大落的喜剧爱情片，居然也能做到兜兜转转波折频生。对我而言，除了看谈恋爱之外，最开心就是看他们影射邵氏老八卦。袁咏仪那个角色影射的是凌波，刘青云影射的应该是李翰祥？林仙是林黛，吴镇宇演的王小宇摆明了是王羽，刘青云的师傅影射的是谁，严俊还是南海十三郎？这样一群人在邵氏的片场里揾生活，有人红了，有人嫁了，女人偶尔被摸一摸，男人可能会挨个打，大明星也是从群演混起，老板虽然讨厌但是十分给力……每个人都留有亲人一般相濡以沫的善意。

就是因为这样的善意，这片子虽然是中国星出品的，但从里到外透着UFO式的老港温情。蔡少芬、袁咏仪和另一个台湾妹起初是舞台三姐妹，台湾妹为了红不但被睡了，还被抓了奸，两个香港姐们儿愣是能做到揭过不提；刘青云喜欢袁咏仪，但是被蔡少芬搞定了，蔡少芬气得大骂袁咏仪不告诉自己，袁咏仪愣了愣问她：你想让我说什么，是说让你不要跟我抢还是说我让给你了请你珍惜？有理有利有节，我听得轻轻击节。

故事的结局十分突兀，两个人分别选了与自己没那么喜欢的其他人结婚，结果"喜欢他超过他喜欢自己"的蔡少芬小姐穿着婚纱忽然反悔，告诉刘青云说，我宁可要两个好朋友，也不想要一个不爱我的男人。另一边，袁咏仪也悔婚了，抱着鸭子救生圈跳了海。在这种选择里，都是女人磊落得多，也勇敢得多，马伟豪安排刘青云绅士地亲了亲差点成了自己老婆的蔡少芬的脸，开着婚车追了出去。

我一直没有特别喜欢过蔡少芬。但这个片子里，她的角色真是可圈可点。喜欢一个男人，就不在意他喜欢自己没有自己喜欢他那么多。交到一个朋友，就不在意朋友演技好过自己有朝一日红过自己。爱的时候是真爱，生气的时候也是真生气，想要就要，不想要就明明白白地说不要，最后分手了，还赢得了一个吻。

电影最后没有交代蔡少芬的结局。从电影史上看，如果她影射的是和凌波一起演《梁山伯与祝英台》的乐蒂，那她最后是嫁了另一个女里女气会跳舞的男明星，看着男明星出轨，然后现场捉奸，入禀法院要求离婚，独自抚养孩子，因为长期失眠吃过量安眠药去世。

这位乐蒂女士,是经营"天蟾舞台"的著名"江北大亨"顾竹轩的亲生外孙女,我大爱的小生雷震的妹妹,香港电影史上第一个女明星改行成功的女制片人。如果蔡少芬小姐影射的真是她,也确实不枉费我赞她是整部片里最可爱的人。

我爱你的时候我就是爱你。我仍爱你你却不爱我的时候,我成全你。因为我深深明白,成全你,即是成全我自己。

这才是盛世里的恋情,谁也不用倾座城池拯救谁,谁也不用赴汤蹈火折腾谁。我们之间到最后,都能留有亲人一般相濡以沫的情意。我知道我很好,我也知道我值得更好。谢谢你的祝福,我们青山不改,绿水长流,他日江湖再见,请你夸我一句好漂亮,我定回你一句恭喜发财。

这才是真正的山水有相逢——原来你曾在这里,万水千山总是情。

这辈子 活得

热气腾腾

∴

Part5
这个世界依然有
值得我们去微笑的东西

世上的遗憾本来就很多。也只有感谢还余下的,所有那些还拥有的,都是温柔的慈悲。以巨大的悲悯心,一直降临、一直试炼、一直给予。我仍然没有皈依某个神,但是,内心深处,我一直向着那个我甚至还不认识确切名字的神灵祈祷匍匐。我一直在绝望,所以我一直有希望。我一路被松手,却得以与另一些人相逢。我一直在老去,却始终有颗年轻的心。

二十周后

昨天一早起床，去做了二十周的检查。

仍然未知男女，不大看得清嘴唇，一望而知是个圆脸，虽然B超内明显可见那孩子在不断地踹我，但我仍然坚持说，我真的、完全、丝毫、一丁点儿也没有感觉到那个名曰胎动的玩意儿。

我感受最多的是疲惫。热。坐久了腰疼，站久了腿疼。以前最爱热闹的我，现在开始本能地抗拒和推托所有的社交活动，身为编剧，我花了半年时间，精心策划了一本小说，现在有影视公司来找我谈改编了，我的第一个反应，居然是卖掉版权，尽快甩掉这个包袱。而这一切，并没有任何人逼迫。算算日子，也不过只过了五个月，万里长征走了一万两千五百米，距离甘肃会宁那个地图上遥远的小红点儿，仍然有令人绝望和未知的另外一万两千五百米。

如果不是怀孕，我估计打死也不会相信

我居然真的能做到半年不去钱柜,起码一年不旅游,跟婆婆合住两周,五个月没换包(我的包包都被我娘藏在不为人知的地方了),完全漠视了所有的高跟鞋和裙子。我是发自肺腑地漠视了这美好的不可或缺的一切,现在被胖同学形容为"一座移动的肉山"的我,只希望能穿一件轻薄透气宽松的棉裙子,一双舒服的平底凉鞋,不用再道貌岸然地去上课,不用神头鬼脸地去见人谈合同,所有过去三十三年以来我压根不信、拼命抵抗的这一切,原来只需要增长几斤体重就可以达到,而且是以排山倒海、风在吼马在叫黄河在咆哮的架势降临在我自己头上,令我不服不行。

最基本的感受就是,生理上极端不舒服。所有的(尤其是美国人编的)怀孕指南开篇词儿里说的什么"这是个神奇的时刻"都是他妈的大忽悠,要是男人有这功能,打死我也不跟他抢。我保证态度比胖同学好一万倍,每天伺候他十二小时以上,鞍前马后任劳任怨。但现在我完全没享受到这一切,还得附带着各种诸如在炎炎夏日里打车(因为车钥匙被没收了)、每天不管多累也要狂走一小时、禁各种食物饮料、烦躁时候连根小烟儿都不敢嘬一口的待遇。这哪是怀孩子,这简直是关牛棚,只能以顽强的革命乐观主义精神跟现实的残酷负隅顽抗。第二个感受就是,人真不能闲着。幸亏我之前一直有戏写。也幸亏各路人马没有因为我怀孕就放过我,再烦我也得一周上八节课,写两三集剧本,看更多的学生作业和友情稿件,处理科研申请、招研究生、开会当托儿、会见友人和客户(包括潜在的和明知肯定没谱的)、联系出书、谈新剧本、辅导毕业论文……我一直没抑郁,全赖于我四脚朝天的生活。

偶尔有空,我腰酸背痛得实在不行的间隙,找几本原先特别喜欢的女文青们写的书来读。黄碧云、朱天文、刘瑜。每每是读到一半,赶紧看点别的换换脑子。她们不是写得不好了,也不是我不爱看敏感细腻抒情的文字了,只是我越来越觉得,生命是不能用来思考的。一思考,就虚无。一虚无,就抑郁。一抑郁,就不好弄了。

比如生孩子,有多少未知和不确定!谁能保证生下来的就一定符合我的期待,然后你还不能扔了,你还得管他／她,生病也得管,吃饭也得管,上学也得管,不上学更得管。生命自此变成一条单行线,轰隆隆地朝着某个终点而去,你却并不能因此跟自己大声宣告:我再也不孤独了,因为此行的终点我必有陪伴。你没有。你还是你,只是多了个他／她。就算你千辛万苦瘦身下来,你美丽的旗袍势必在几年之内动辄多几个小手印的油渍,你要千辛万苦还没瘦身下来呢,哼,你丫就是个杯具。看别人喜唰唰,您就一边儿哭去吧。

所以这事儿怎么能琢磨呢。爱,伴侣,朋友,亲人,孩子。曾经我觉得我是这样一个需要密集地生活在这些词汇里的人,否则我就孤独得连活下去的基本动力都没有。现在我怀孕五个月,我最亲密的朋友一共打来过一个电话,我比较亲密的朋友都不在北京,我老公天天忙得死去活来,我有时候会猛然醒觉,呀!我都这么多天没哭了。再一想,我哭给谁看呀。再说了,有多大事儿值得感时伤怀迎风洒泪?人人都奔在这条名叫孤独的路上,不是没有旅伴,就一定死路一条的。

所以我变成了一个傻乐的人。没朋友,我不还有学生呢嘛!我的一个研究生给我送了好多好多坚果,另一个别人的研究生从山东老家给我带回来半筐柴鸡蛋。咆哮作为一个河南弟弟,居然自己动手煲了一整天的鸡汤给我喝。我每周二去上课,三个学生都会把我送到门口,帮我打上车他们才走。化妆品没有了，诗懔姐送我一堆，极光和柴德每人帮我跑好几个专柜，金子还从香港给我带了各种无添加。就连《杜拉拉》的盗版碟都是学生借给我的。也多亏这张缺四集的盗版碟，我娘和我婆婆的业余生活起码丰富了一个礼拜之久。出去开会，听新找来的客户说，他们打听过我，听说我是个"特别强势的人"，结果见了面，发现我不但不强势，还挺好说话。我其实最初也想过发脾气，问问到底谁嘴那么贱愣说我强势？后来一想，我何必呢。在觉得我强势的人眼里，我说什么都是强势。我改变别人看法的意义何在呢？别人是我的什么人？别人归根结底，都是我的别人。既然是别人，关我屁事。我在这个世界上已经没几个自己人了，肚子里既然怀着一个法律和血缘上怎么都颠扑不破的真正的自己人，我干吗要因为生别人的气，伤害我的自己人？

就连北京突然闷热的夏天都是好的。太热了，不适合发呆。这多出来的时光，就算是将来注定被遗忘的时光，也同样是宝贵的，我生命中的一部分时光。我宁可把它浪掷在 QQ 群聊、MSN 胡扯、网络灌水、天涯杂谈、豆瓣发帖、微博瞎扯，我也不愿意用它来思考某些被命名为"意义"的东西。

如果我就这样永远地告别了我的女文青时代，倒也未尝不是一件值得庆祝的小事。

向着明亮那方

我给儿子买的第一本童书其实完全不符合正常童书的任何标准。基本只满足了一个早期文艺女青年在莫名其妙当了妈妈之后的审美品位,是我喜欢了好多年的金子美玲的《向着明亮那方》。现在想想,每天下楼遛孩子的时候,月嫂得忍着多么巨大的尴尬,才能一边抱着孩子,一边听着旁边一个体型臃肿的中年妇女眼神涣散地望着小区里的其他孩子旁若无人地给自己的孩子念"向着明亮那方/哪怕烧焦了翅膀/也要飞向灯火闪烁的方向/夜里的飞虫啊/向着明亮那方/向着明亮那方/哪怕只是分寸的宽敞/也要向着阳光照射的方向/住在都会的孩子们啊"。也不怪我儿子迄今不爱理我,完全没有表现出对诗歌等等文艺作品的审美追求,估计任谁摊上个对月月娃读日本童谣的亲娘也会觉得累觉不爱吧。

我家的第一本真正意义上的童书读物是李

欧·利奥尼的《一寸虫》。我很喜欢，主要因为短，而且结尾特别励志光明聪明有力，因此成为我儿子三个月大前我讲得最多的一个故事。"我很有用！不要吃我！我会量东西！我可以量火烈鸟的脖子，巨嘴鸟的喙，蜂鸟的全身！虽然我不会量夜莺的歌声，但是我会跑路啊！"哇咔咔，真是聪明的小虫子。可惜我儿子兴趣缺缺，这本书有一天在我把它带出去讲故事的路上黯然神伤地不见了，估计是自己跑路了吧。

一岁以内，我儿子真正喜欢的一本书叫《小老鼠忙碌的一天》。一只小老鼠，一整天都宣称自己"有一个梦一样的好主意"，公然一点忙也不给大老鼠帮，终于把大老鼠搞毛了。小老鼠不慌不忙地掏出一个用雏菊、羽毛编成的花环，给大老鼠戴上。大老鼠瞬间就心软了，抱着小老鼠啃着草莓就在吊床上睡着了。我一直怀疑我儿子喜欢这本书是因为他打小就逃避家务劳动，打算以高情商攻克我跟我娘这两座堡垒。不过现在看来，貌似是因为这本书画风浓丽鲜艳，让一岁以内的小朋友格外喜欢撕。我家的这本书撕了粘、粘了撕，最终四分五裂。一声叹息，让爱书如命的亲娘情何以堪。

接着就来到了我最喜欢的一个故事，仍然是李欧·利奥尼的《田鼠阿佛》。这个故事简直就是我的心声啊！一只不爱劳动的田鼠（好吧，看来不爱劳动在我家是遗传的）在整个漫长的冬天用故事抵挡了黑暗、缺少食物和由此而来的所有绝望。春天总会到来，而不爱劳动只爱故事的田鼠也总有它活在鼠群里的位置。我因为太爱这个故事，所以给儿子讲得很少，给朋友讲得很多。一想到过去三年我读得最多的书是儿童绘本，我就有一种需要从偶像生活剧转战儿童频道的恐惧。

一岁以后，我跟儿子的喜好开始分道扬镳。我的最爱是《当世界年纪还小的时候》，我儿子的是各种恐龙大百科。一本《爸爸，我要月亮》让我忍俊不禁，但他很明显是更喜欢另一本名叫《月亮的味道》的，因为确实想知道月亮到底是不是甜的。他从童话书里知道了狼人、幽灵和雪山怪物，然后坚决拒绝在有月亮的晚上出去散步；我对各种画风甜美的小兔子、小熊、小猪、小象都没有抵抗力，他干脆连我给他起的小名都擅自给改了，在看了一本《DK儿童动物百科全书》之后，他先是给自己起名异特龙，接着是小马，现在是小黑鲸。英文名也随之变成了Whale。我假装淡定地跟他商量，儿子你看你有没有可能哪天再改回叫熊宝宝？儿子断然拒绝。于是现在我跟他混，他是恐龙，我就是慈母龙，他是黑鲸，我就是鲸鱼妈妈。我也太三从四德了好吗！

作为一个坚持过六一的小朋友，每年六一我都要给我的朋友们发一句"赤子之心是最大的福祉"。跟大多数的亲娘相比，我这份工干得够差劲的。离了婚，害儿子单了亲，不跟他一起住，很有可能我现在读的武志红的那些心灵鸡汤在他三十岁以后都会成为他吐槽我的好帮手。我也确实不喜欢陪小孩玩儿，让我当全职妈妈不工作不如直接杀了我吧！

但是我爱他，而且，谁说我们就没有过好时光呢。

六一快乐啊亲爱的儿子。我又给你买了半排书架的书，不好意思好像我只会干这个呀。当你的妈妈是个很头疼的事儿，不过我会试试看。万一搞砸了，我们只好看看能不能当朋友了。我陪你长大，你也陪我长大，我们一起努力，在没有月亮的晚上，向着明亮那方，走吧。

挑灯看不见

春节期间,在网上看到好几个北京朋友或亲戚转贴的攻击外地人的帖子。其中有一个"北京男人千万别娶外地女人"的帖子给我气乐了,早上趁胖同学咳嗽,我赶紧跟他絮叨:你们北京人是不是都有阴谋论啊?怎么人家外地姑娘嫁你们就图户口了?几个北京人家里能给人解决户口?更别提人家搞到户口就甩了你们这么无厘头的事儿了,谁的时间不是时间,姑娘的青春还更宝贵呢,为了一个99%解决不了的事儿跟你这儿瞎耗,还不如傍个大款直接,拿个五十万,哪儿买不到一个户口。再加点钱,加拿大户口都够了,谁他妈还跟北京挤啊。

果然,每到这个时候,胖同学这个北京人跟外地人结合的后裔就一马当先表现出了顽强的本地人品质,开始不屈不挠地跟我论战。我俩吵得差点把我们家孩子都吓着了,月嫂在一边直乐,不停跟我儿子说:"看爸爸妈妈干啥呢,你快点长大做裁判吧！"这里省略争论内容一万零一个字。总之是吵到最后，我终于发现了，所谓"门当户对"，在更大程度上指的是身份认同是否一致。比如我们是否都认为北京是全世界最好的地方，清华是否是中国最好的大学，陕西的面是否就是比山西的好吃，西安的姑娘是不是普遍好看且善良，如果在这些地方发生了本质的分歧，基本跟意识形态的分歧一样，不但是不可调和的，而且是随时可能蹦出来成为导火索的。

随着有了孩子，我爹妈大幅度移居北京以后，家庭成员的关系简直是一触即发。有天我随口跟我妈说了句网上的漫画是最底下俩中年人，拖着四老人，最上面是个孩子，我娘当场就翻脸了，她严肃地跟我说："我们可不是你的负担！我觉得我是来给你帮忙的，而且帮了很大的忙！"说着眼圈就红了，我这一通哄啊，半天没哄过来。有时候我觉得为什么这帮老头老太太小伙子都这么敏感啊？现在想想，除了对家庭身份的认知，恐怕彼此的背景差异是首当其冲的。

到了这个岁数，忽然意识到人与人之间，尤其是亲人之间是需要磨合的，这简直是中年到来之前的最大收获了。

丹青不知老将至

念电影学院的时候，我一直不懂为什么希区柯克的《鸟》会被算作是惊悚片。我看来看去，都觉得不吓人。不就是鸟吗，啥了不起的。鬼呀僵尸呀什么的，那才吓人呢。

我爹上午来了北京，迄今不到三个半小时。现在我脑袋前就像飞过一千只惊鸟，唧唧地啄得脑门儿疼。然后最惨的是我还不能跟胖同学抱怨，他早上一听说我爹要来，吓得连声说晚上要晚点回来，碰到这种没义气的非同盟军，我除了郁闷，还能说啥呢？

其实我爹是个挺好的老头儿。说话幽默风趣，为人善良可亲，兴趣广泛，眼界开阔，堂堂三级教授，一代秦汉史学界的著名学者。文能吹黑管不走调，武能自学电脑拆装卸，括号，坏了不管。打小我的同学们都喜欢他远超过喜欢我妈。但是不知道为啥，我跟他，尤其是成年以后，简直就像是贴错门神，气场倒错，彻底没法儿一块生活。我试过，极限一般是七天，每次只要超过七天，不是我从西安被赶走，就是我抑郁得简直不知道怎么办才好。熟悉我的朋友们都知道我跟我爹的文武斗，起初他们也以为我只是不孝顺，于是就劝我："对老爷子好一点啊！"结果来我家拉过几次架之后，就纷纷沉默了——我真的不是对他不好，我跟他一样，都是不知道要怎么对对方好，才是真的好。

从一早上起床，我看着我娘，像带着个孩子似的，被我爹支使得团团转。我爹穿得多，于是就抱怨北京的天气不好——太热。在物业办过户手续，把客服小姑娘都说傻眼儿了——同一件事，人家跟他说三遍，过了一秒钟，能原地满血复活，再问一次。房都买了，又开始抱怨物业费太贵，用来做比较的例子都是西安或者海南的房子。我忍无可忍地说："爹，这是北京，全国人民的北京，连北京人民都抱怨房价贵的北京，再说你抱怨纠缠有啥用，除了浪费时间，难道人家物业会给你便宜一毛钱吗？"话音没落，俺娘就急了——每次都是这样，永远也都是这样，我拍我爹，我娘拍我。卤水点豆腐，一物降一物。我坐在物业客服部的椅子上，大脑飞快运转，心想我能给谁发短信呢，谁呢谁呢谁呢，反正肯定不能是胖同学，不然他该更不回家了；我又没什么闺密；总不见得是学生——最后，我发给了老洪。老洪回我说，小张同学，你真的可以写家庭伦理剧了。

早上打开邮箱，发现我做编审的那部戏的制片人把意见发来了。制片人阿姨出生于1949年，跟我爹一个岁数。至今保养得很好，从身材看，最多也就像五十出头的人。可是那意见写得吧……直接就给我看劈了。我怀疑她和她请的策划十年来没跟任何一个"70后"以下岁数的编剧合作过了。我尚且如此，可怜的"80后"编剧小盆友们就别提多抓狂了，简直恨不得声泪俱下问我:"张老师,咱们真的要按她们的意见改吗?"我一边安抚着"80后",一边抑郁地想着,人都是会老的。可是要维持对老人的尊敬,同时维护老人的尊严,这是多么难的一件事啊。

核桃，马扎及售票员

有学生从西安为我带了几斤核桃。晚上回家，我蹲在垃圾桶面前，专心致志剥皮吃核桃。

吃着吃着，胖同学从屋里走出来看我满脸眼泪，吓一跳，问我，你怎么啦？

我回答他，我蹲了半天，腿都麻了，这才想到家里连个小马扎都没有。再一想，本来是有的，那还是我爹上次来北京的时候，花了十块钱还是二十块钱从一个地摊上淘回来的。我嫌他乱买东西，我家没地方放，当着我表叔的面就跟他吵了一架。现在想想，那个不值钱的小马扎要是还在，该多好啊。

我妈给我打了一整天电话，我怏怏不乐，我妈揪心得不得了，生怕我又出了什么想不开的事儿。谁知我不过是觉得暑假里同她争吵的那一个逗号如今被她一语成谶，而我甚至不愿意当着我自己的亲生母亲承认我做得确实不够好。

一整天无所事事，看了半本毛尖的书。估计也是博客汇编，其中有篇写她坐公车的，我倒觉得连改编都不用，活生生简直就是一场戏。文章里，懒洋洋开车的公车司机被售票员用上海话追问是不是跟小高好上了。理由是小高感冒，他也感冒。而小高每次说起他的时候，用的都是"伊"，语气里透着明眼人一望而知的亲热劲儿。司机否认了几次终于就范，承认道："小高人蛮好。"售票员懒洋洋回答道，嗯，上次她老公来接她的时候我见到了，长得蛮像刘德华的。

我对这生活中的台词赞叹了老半天。什么时候，我做人才能这样不动声色，起码不叫我娘在电话里听出沮丧来就好了。

秘密花园

我妈去小区会所做头发,听到了发型师们聊起许多小区业主的惊天八卦。回来就告诉我,你知道吗,这次人口普查,小区里发现了很多没有户口的孩子!她们说这个小区里好多美艳少妇其实都是二奶,她们的男人们给她们买了小区里的房子,接着又生了孩子,养了狗,可是狗没牌照,孩子没户口!

我表示十分 faint。只好安抚我娘说,这年头,二奶基本是年轻美貌有能力的代名词。你看人家二奶都住上四万一平的咱小区了,除了养孩子还纷纷养了狗。你要放心,将来咱们家孩子跟人家家孩子一起玩儿,起码忧患意识和竞争精神从小就不匮乏。

别说,自打我妈跟我说了这件事,一颗编剧的八卦心就开始蠢蠢欲动了。傍晚散步的时候,路遇那些美貌的、身材好的、背名牌的姑娘们,我都会多打量几眼,一扫之前目不斜视非礼勿听的光荣传统。结果这下好了，多少素材在空中飘荡啊！比如有天看见一个妞儿，身边的男人推着婴儿车，妞儿愤愤说："他们拿了个职场戏的大纲来给我看，请我提意见，我都看不下去，这编剧一看就一天班没上过！"我大惊，忙不迭寻声望去，是说俺们小区里居然还住着同行吗？再一看妞儿旁边的男人，穿方领T恤，背后背着一个双肩背电脑包，从造型到打扮都透着一股子中关村的村味儿。难不成，这家连婚姻组合模式都跟我家一样？这这这，我就差没奔过去跟她当场义结金兰了。

再比如昨儿晚上，我跟我娘散步，忽然对面走过来一个中年男子，举着手机，用一副低沉、有磁性，且超级性感又感性的嗓子跟话筒那边的姑娘说："喂，想我了吗？……我刚从家里出来，给你打个电话……没找什么借口，刚好今天我们清华同学聚会，我喝了点酒，就跟她说出来散散步，一出来就打给你了……"Oh my Lady Gaga，听这意思，敢情大奶在这儿，小三儿倒在外面呢！短短几句话，生生勾勒出了一位中年清华男灿烂夺目的情感生活。我激动地回家跟胖同学复述，只见胖同学双眼迷离，一脸神往地说："人家好成功啊……"

除了这些自曝身份的，小区里经常邂逅的还有一些神秘的男人和女人。有一个身材巨好的妞儿，每天快走将近三个小时，我跟我娘一边艳羡人家的体力和毅力，一边惊讶于她的时间到底是怎么安排的。还有一个高个胖男人，每天散步的时候都在狂打电话，偶尔身边跟着个小男孩，长得一点不像也就算了，关键是爹那么能BB，儿子就乖乖地跟着，一言不发，转多少圈都是如此，看得我各种揣测频生。

所以人太闲了也不好，尤其是我们这种职业。不编故事了，就开始编派人生。我揉着肚子,一边散步,一边跟我儿子谈判:"刘小宝小朋友,你现在赶紧出来,你娘将来就不编派你,如何?"

他回答我的方式,就是狠狠踹我一脚。气得我呀,又不能骂"他妈的"。真正恨人。

再会时代

我爹的爹,也就是我爷爷,在去世了几乎半个多世纪之后,被一向看重国学的台湾某出版社看中,打算给他老人家出一套学术专著全集。可怜了我爹,作为我们张家现存的所有子孙里古文底子最好的一个,不得不亲自出马编辑校对厚厚六部最早写于民国十几年的手稿。我这边号称孕晚期,睡不好吃不香心情烦躁;我爹那边基本是没得吃没得睡心情更烦躁——老张和小张,一个为了爹,一个为了儿子,这个夏天都被折腾得够呛。

天天晚上,我要睡了,都能听见我娘打着手机,虚掩着自己卧室的房门,跟我爹喁喁私语。除了商量离婚和吵架,我跟胖同学从没有那么多话说。何况是天天!作为他们的独生闺女,我甚至想不出,他们到底在说些什么。偶尔听到几句,无非是吃饭、穿衣、受邀去台湾的事情不好办、房子出租、买什么家具,真真全是日常杂事。我妈来北京以后，为了我爹，已经跟我掉过几次眼泪——无非是他老了，退休了，越来越不跟外界交流了，开始跟时代脱节了，脾气变差了，长此以往，万一哪天老年痴呆或者抑郁了，可咋整啊。

我没敢跟我妈说，其实跟时代脱节的不止是我爹一个人。我妈多年没坐过公共汽车，上次回西安没人接，坐了一次公车，前后一共五分钟，就把我送的五千多块的LV钱包，连带里面的所有证件、银行卡和存折及其密码丢了个干净。惊得我爹几乎心肌梗塞了。我带我妈去上海看世博，滨江大道上怎么也打不到车，晚上坐地铁又无人售票，我找来找去才找到一个纸币售票机，东晃西晃地居然坐地铁径直坐到了酒店门口。我妈感慨万千地跟我爹说，咱们的时代过去了，以后出门，得跟着孩子混了。当了二十多年高总的我娘和被手下叫了十多年张老的我爹如此坦然地承认要退出历史舞台，说真的，我心里也难受的。

有时候，看着我妈用电脑不会打字，我爹无论买多贵电脑一律一周后染毒，我妈陪我去美中宜和上课手机不知道调震动，完全不理解出国旅游不跟旅行社是怎么个路子，每次来北京，一定要去颐和园——我那个焦虑感简直是没法描述。曾经无坚不摧的，无论什么风浪来都会挡在我面前的爹妈逐渐被时代淘汰了，而我究竟能不能挡在他们前面呢？确切地说，是我能不能挡在他们前面，且没有抱怨，不觉得烦躁疲惫被拖累？我深深地怀疑我自己。

在人人网上，看着我年轻的留学英国的表妹趁着假期穿着比基尼在南法的海边各种拗造型，没有一条裙子不是深V的，我总是忍不住想起我那个为了表妹一辈子没有工作过的舅妈。时代就这样把每个人远远甩在后面，就连我也无可奈何地把我妈变成了自己的老妈子。在理所当然之后，问问自己，我凭什么理所当然？还不是自私么。难道写篇博客，就能洗白？

我当然可以大义凛然地说，为了解决我爹妈团聚的问题，我毅然在怀孕九个月时，在我们小区里，又买了一套房子。但是，我真的敢说，我不是为了我自己——因为我迫切需要一个不被打扰的空间，同时还享受父母帮助带孩子的便利？我怎么敢。哼，我绝不敢。

就凭我对自己现阶段的了解，等到我老得需要退出历史舞台的那天，我还是早早放弃对孩子的幻想的好。如果到了那时，我跟胖同学还没离婚，却又没有我爹娘那么多话说，恐怕真正有老年抑郁症危机的人，是我是我还是我吧。

微小的，微小的

昨天是七夕。我一直到傍晚看手机报才知道。

爬上微博，发现"80后"的哈哈在强调"情怀再小也是情怀"，"88后"的小红在准备七夕烛光晚餐，1977年的我跑去MSN问1975年的胖同学"你七夕跟谁过？"胖同学茫然地回答："什么七夕？"

迫于孕妇的压力，胖同学提前下班，早早回家。这提前是提到几点呢？北京时间21点多。他进门，我正在挣巴着给学生看故事大纲，一共七页纸，我看到第五页。本想一鼓作气看完算了，后来想想，七夕呀，一年才一次，要不还是算了吧。于是关了电脑，开始聊天。

聊天，起初开着灯，后来困了，关了灯继续聊。我缺钙，天天抽筋，被迫头冲着空调方向，我们两个人非常不雅地头冲着对方的脚，开始了诗情画意的夜聊生活。

夜聊这种事，我从上大学起就是行家里手。

十几岁聊理想,二十几岁聊男人,现在三十几岁,该聊什么了?

若不是亲身经历,真是猜也猜不到,编也编不出,我们这两个清风明月了半辈子的伪文艺中年,从刚认识开始就各种为了圣斗士、安达充或者高桥留美子的漫画、美剧、宗教信仰、左倾抑或右倾、怎么评价毛泽东、如何定位阶级差异、开车去青岛到底该不该走这条国道、在欧洲旅行究竟应该把钱花在吃饭上还是高级点的酒店上等等诸多问题和主意吵个没完没了的我们,在一个号称七夕的晚上,如此不浪漫地对着对方的两只脚丫子,一五一十地聊起了有孩子以后工资怎么分配,每笔钱要花在哪里,拿什么还车贷拿什么给月嫂、拿什么供房子拿什么给老人,不夸张地说,基本上精确到块。这一通聊,真是聊得我从不困到困,又从困到不困,到最后几乎从精神走向神经了。

因为有了孩子,所以买了一套房子。因为有了一套房子,很可能养不起一个孩子。这吊诡的人生啊。我忽然觉得我应该拜拜六六大神,把《蜗居》里的那段著名经典台词裱起来,挂家里墙上。提醒自己,每天从睁眼的第一口呼吸起,就必须写满多少字,不然,简直就要油然而生起满腔的负疚感来。

临睡前夕,胖同学似是惋惜,又像感慨地说:"我们两个居然聊了一晚上钱!"

我特想补充一句:"而且还没聊烦!"

就这样,终于成了普普通通的俗世男女,为柴米油盐酱醋茶烦心,将来也许还有孩子的教育问题、婆媳矛盾、老人赡养、物价指数、车位是买还是租……我老老实实地跟胖同学坦白,未来三年,我跟你离婚的希望不大。倒不是因为我爱你比月亮还要深,主要是你的每一分工资,都被我算计进了以后的月供里,咱俩现在是打断了骨头连着筋,哼哼,想跑,没那么容易!

小言不耐症

Leonard 有乳糖不耐症，我发现我罹患小言不耐症。

作为一个言情剧编剧，一个五年级就看过《红楼梦》此后五年里看过不下五十遍、一个堪称琼瑶小说搜索引擎、脑袋里面的亦舒桥段估计不比亦舒本人少多少、坐飞机只要超过一个半小时一定看完一本言情小说、凡是编不出来的时候就去看柴门文漫画的我，罹患了言情小说不耐症！

你们能想象这是怎样的一种悲凉吗？除了用程老素的新书书名《情怀已死》来命名，我简直找不到更好的词儿了。

究竟是什么造成了我的不耐症呢？是岁数吗？是怀孕吗？是工作压力大吗？是太久没恋爱了吗？要我说，都不是。

真正的理由是，现在的言情小说作者也太不负责任了吧！你们写书之前到底动不动脑子的？有没有做基本的人物设定啊？采风啊体验生活啊观察人物啊，这些事不该只有我们编剧才做吧？为什么我们做了这么多事，观众还骂我们水准低，你们连点生活常识都没有，读者还叫你们 × 大？

　　一个男的，爱一个女的，特别爱。一个女的，也爱一个男的，同样特别爱。男的特别特别帅，又会做饭，又会运动，还有钱，是高干子弟。女的特别特别美，特别特别有性格，特别特别。然后他们就是不能在一起！撑着瞒着骗着，打死也不说，说了的一定是反话，听的人一定相信了，心立马就碎了，命立马就不要了，你爱我是不是？好，我死给你看！死了看你怎么爱我！我伤心死你！难受死你！

　　琼瑶那时代的小说其实也这路子。但是词儿是雷点儿，人到底没这么矫情拧巴。我也写过特别拧巴的电视剧，狗血洒得哗哗的，但也绝对没到这么满门抄斩的程度。我气得都快笑了，是男人耶！又不是阿童木。你还指望他带着爱意耗尽最后一点电源默默地坠落在天际？这些书到底是写出来骗什么人的，为什么就不能进步一点点呢？

　　愤世嫉俗的我就这样又失去了一部分阅读快感。我估计很快就会化身为 101 斑点狗里那个老怪女人，拿个皮鞭什么的追着短短极光小红等人狂奔，一边追一边大喊着，喂！你们最近写了什么新书没有？快点拿来给我看！

　　yy 到那风骚的一幕，我不禁邪恶地笑出了声。

张爱玲说的？

开心网上总有人转帖"张爱玲语录",点击进去一看,五十句里起码十五句是亦舒名言。偶尔有一句看着眼半生不熟的,想搜搜确实出处,网上密密麻麻的各种帖子,一准儿告诉你,语出《张爱玲语录》。真牛,"张爱玲语录"的出处是《张爱玲语录》,怪不得我老公这样的挨踢男常常看不起我们文科生所谓的逻辑。

所以,"教书很难——又要做戏,又要做人"这句让我赞同得不得了的话,就成了一句出处暂时不可考的语录,姑妄听之。我教了八年书,自己动辄还以"年轻老师"自诩,哪想到新入校的"90后"们都已经开始叫我阿姨了。一想可不是嘛,我留校时候二十五岁,他们才十二,听没听说过北京电影学院还不一定呢,怎能预知其后这莫名其妙的缘分。

孩子们进了学校,一律跟我不亲。据说现如今的"90后"比他们之前的"80后"还要物质优越，见多识广，自私冷漠。是不是真的还有待于进一步观察，反正我们班那二十口子基本对待作业讲评的抗压力极差，绝对不会像我们那个年代似的，期待被老师表扬，害怕被老师点名批评。我们班的孩子们已经有好几个听说我质疑她们的作业，就跳起来同我吵架，那架势，大有我不说一句好，再来个"文革"一定要批倒批臭才能罢休的劲头。还有些孩子，自我强大，说话直来直往，完全不顾及听者的感受，你提醒她两句，她能噎死你。孩子们的家长不知道为什么都有点怕自己的子女，凡是曾给我打过电话询问孩子情况的，统统以"麻烦您不要告诉他／她我打过电话，要不他／她会怪我的"为结束词。听着那些畏畏缩缩的父母的电话，真是由衷觉得，干吗要生孩子呢？图什么啊。

一个学期过去，她们始终没跟我亲近起来。我教书，排课，偶尔上QQ跟他们聊聊天。他们在别的任课老师的号召下建了一个豆瓣小组，邀请我当了一个旁观的组员。大多数时候，她们说话，我都沉默。班里有个云南孩子，我问过几句捐水的事情，他大包大揽表示愿意找人帮忙，除此之外，我看他们之间的聊天，通常无非是成绩作业拍片子。

昨天晚上，8点24分。我们班一个广东男孩子率先跳出来说，地球一小时啊，你们都要熄灯。接着内蒙古的女孩子出来问，熄灯的话要不要关电脑？山东的男孩子说，关了电脑咱们干吗呀？云南的女孩子回应道，不如我们去操场聊天吧。众人纷纷响应。到了8点半，QQ群的绿色头像几乎全灭，最后一行通话记录是"操场，Go！"

我说不出我看到这一段对话的心情。我忽然间觉得他们是无比可爱的一群孩子，虽然仍然是孩子，但依旧是可爱的。我之前要求他们说话行动要"像大人"，这本身也许是过于严苛的不靠谱要求，而不见得他们是一群不靠谱的孩子。后来，他们在我豆瓣小组号召给云南孩子捐猪的帖子下面纷纷留言，我一边给他们写着回帖，一边认真地想，即将到来的我的孩子，我希望你也能成为一个善良的、正直的孩子，哪怕不靠谱。这是你妈妈对你最大的理想。

下面是我写给他们的回帖：

捐水一次要两百，捐猪肉的话，每人只要十六元。考虑到大家现在还不赚钱，拿父母的钱去搞捐助，我不赞成，所以我号召每人在力所能及的范围里，省一顿下馆子的 AA 制饭钱，拿出十六元，捐一份猪肉。这是有淘宝账号的同学自己可以干的事情。如果大家同意，传播剧作两班同学都参加的话，我的想法就是捐一整口猪，大家还是每人出十六元（如果有同学愿意出两个十六元也欢迎），剩下的我个人掏，我们凑一千六百元，买一头猪捐给那边的孩子。

再次强调，绝不强迫，更不摊派，纯属个人能力和意愿下的自愿行为。千万不要变成了自己的负担，做好事不能加重父母供大家读书的负担，这是整件事情的最大前提。切记切记。

教育的最终目的，是希望大家都能成为善良的、正直的、靠谱的人。希望你们今天熄灯一个小时天台聊天愉快。

我以你们为荣。

懦弱与善良

《波西米亚楼》里，我看得最刺眼的一篇，是严歌苓强行将孱弱等同于善良，将为自己争取合理权利的强硬派划归到"字典里已经没有善良概念"的《弱者的宣言》。我看得刺眼，首先是我一直觉得自己属于强势而善良的族群，同时，还因为她笔下最出色的那些女性，大部分也是强韧、强势甚至强硬却善良的。当了那么多年自以为是不吃眼前亏背地吃亏死的姑娘，叫我认同"吃亏是福"就跟让我突然皈依某个宗教一般，就算心悦，总是很难诚服。

然而，所有的自以为，最终总会粉碎在赤裸裸的现实面前。去年9月买到小白以来，迄今只开了不到两千公里，这还算上了1/3是胖同学开的里程。起初的一千公里，我除了学校和家的两点一线，其他任何地方都是打车前往。胆子稍大以后，打听清楚要去的目的地有并排的两个以上车位，我也驱车前往了。只是随着驾驶水平的不显著提高,脾气简直是几何倍数的增长——不但学会了自言自语骂脏话,冲人按喇叭,拼命打大灯晃人——今天已经彻底发展到最高潮,几乎摇下车窗冲对方竖中指。

事情是这样的。中午跟哈哈在簋街吃饭,一路走二环,简直走得险象环生,最后被一辆出租车别得彻底怒了,下定决心再有车别我一定不吃亏地别回去。就在此时,一辆黑色马六不打灯忽然就朝我贴了过来,我吓了一跳,一脚刹车停住,那辆车继续晃晃悠悠、慢条斯理地并了进来,插到了我前面。我这个生气啊,迅速并到左线,开到她边上,摇下车窗,冲着对方大按喇叭。我的想法是,只要那边车窗摇下,我就竖起中指,大骂"傻逼!"

结果,对方根本没理我。透过车窗,我发现那边是个全神贯注讲电话的中年女性。我看她一会儿眉头紧皱,一会儿微微浅笑,职业本能立马占了上风——话筒那边是谁呢?儿子?老公?情人?合作者?客户?不管是谁,那个人一定很重要,重要到可以让她忘了打灯和观察周围车辆就突然并线,并且在这之后根本罔顾旁边还有个愤怒的不吃亏的打算竖中指的另一个中年女性。

没竖成中指,悻悻按上车窗,准备继续行走在回家路上。这时,只见几个投递小广告的男青年,眼明手快地把我已经摇手表示不感兴趣请他们拿走的楼盘广告一把扔了进来。只见几张一百五十克铜版纸印刷的小广告如纸飞机一般飞到了我的车里,有一张几乎飞到我脸上。当时我就震惊了,啥情况啊!准备发火的电光火石间,忽然想起某年夏天,我坐在胖同学车里,因为嫌他冲一个投递小广告的男青年发脾气跟他大吵一架,我说他是"不善良的既得利益者"。事隔几年,怎么轮到我跳起来了呢?

善良。是的，我也用了这个词。我坐在清凉的空调前，系着安全带，用涂着粉红香奈尔指甲油的手指指点点外面挥汗如雨的广告投递员是一回事。等我坐在驾驶位，被周五的首都交通搞得筋疲力尽憋了一肚子火再听见因为有人投递广告我车里的雷达如同神经病一样嚣叫又是另一回事。相信我，我真的希望能够做一个善良的人。然而，是谁不给我做个善良的人的机会呢？

短短几个月，我从一个凡是加塞的车必让变成了不避不让，估计很快会变成所有加塞的车里的另一辆。据说，这是新手的必经过程。

如果人人都是新手，个个都拿交规书上说的当真理，会不会反而比较不堵车呢？这一瞬间，我终于有点明白严歌苓希冀孱弱的善良成为美德的理由了。

发光如星

我不是基督徒,但是却特别喜欢一首基督徒写给自己孩子的歌。信了主之后的马兆骏有次接受采访说,我要告诉小孩子,我们是有主的人,我们是盼望的人,所以我们不用惧怕死亡。大意如此吧,后来,就有了这首《发光如星》。

"满天星星都在对我微笑,为我每个夜空闪耀;温暖我心使我全灵明亮,引我行在回家路上;我不害怕无论路多崎岖,知道不远梦要实现……"看看这歌词,有没有被击中的感觉?还孤独吗?仍然恐惧?别怕,有人陪着你,无论怎么样也不会放弃你。那样满满当当的确信感,如果还不能被叫作幸福,还有什么配得上这个词。

这样的确信,就像确信向后倒下一定会被接住,在我过去的人生里,只对母亲发生过。其他人,无论曾经是多么亲厚的朋友、爱人、孩子,我都不敢说,他们不会离开我,正如我不会离开他们。

因为不相信，所以也确实真的没发生过。过去三十多年，一路走一路丢失，一路走一路越来越不相信会发生。三十五岁那年，我是个聪明的中年人，有一张怀疑一切的不年轻的脸，严重失眠，刚换了第三个心理医生并且默默地打算换第四个。我在人前假装文采风流，在人后风流云散，一身都是玻璃碎碴，既刺自己也刺别人，并且，不相信还会有被修复的可能。

我就是这样去上的学。去之前心理医生问我，你到底要干吗去？我认真地想了想告诉她，我打算去寻找不一样的可能性。作为一个从来都是靠直觉生活的人，我隐隐约约感觉到那儿会让我的人生发生某些不可思议的变化，虽然我完全不知道是什么。心理医生摇头表示不理解，别说她了，身边其他人说得更直接："你是奔着田朴珺找王石那思路去的吧！"开始还解释，我上的不是长江。我作为一个写职场剧的编剧，我天天在学校家里我能编什么靠谱的戏啊！后来面对的那种了然于胸的讽刺微笑多了，干脆懒得解释了，点点头大方承认，对对对，我要是真能被潜规则了也挺给中国女编剧争光的，从此成功男士的家庭组合除了女演员还多一个编剧选项，真是编剧在资本市场受到青睐的最佳代言人啊。

去的头一年，什么也没发生。不但没发生，简直还有点失望。这都一帮什么人啊！男的距离偶像剧里的高富帅差着六环的距离，女的也不像传说中的白富美呀，一个个也没见拎 birkin 开跑车炫名表的，工作起来比我还不要命还像爷们儿，就拿我们班为数不多几个有绯闻的冬红来说吧，有次我跟她打一辆车从上地坐到西四环，少说十几公里路加上堵车，我们共处了整整四十几分钟，这姐姐打一工作电话愣没挂断！我们班男生为什么非得前仆后继地喜欢她呀？瘦得麻秆似的，明明在高大上的时尚大厦上班，说话办事怎么一点没有时尚达人那种"冬天不许穿秋裤"那种高冷感呢？还有另一个法国回来拿过四个也不五个硕士学位的律师文侠，法国耶！您不应该优雅地叼根烟拿杯香槟一生都带着对转角遇到爱的期盼天天画着一丝不苟的妆迷倒众生吗？您这不烟不酒回家路上就卸妆到家就睡衣带儿子是几个意思啊？你们严重破坏了我对商学院女生的期待好吗？哪有田朴珺啊，更遑论邓文迪了，我看简直个个都是刘慧芳加李素丽。除了能干点赚钱多点漂亮点，这帮女同学没一个能编爱情＋传奇剧，我转型梁凤仪至此是彻底无望了。

失望吧？还有更失望的。田朴珺总得找王石吧，谈恋爱总得两个人配合吧。放眼一看，我们班五十来个大老爷们，头一年就一个单身，还光速找了个"90后"婚了。弄个班级微信群，一到周末，不是晒儿子的，就是晒闺女的，还有晒第二个儿子第三个闺女的！除了超级奶爸，还外加超夙，比如我们班另一个男律师吧，叫德林。平常聊天那是经常能把女同学聊到面红耳赤不好意思接话的一个主儿，有次晚上八点多，一群人下了课驱车行至南城某神秘小院儿吃私房菜，酒过三巡聊起一个隔壁班美女，马上就有人要打电话约她前来，平常聊天最爱跟美女拉拉扯扯的德林忽然伸手按住了那部电话。不但按住了，还一脸真诚带着河南口音说："这么晚了，给女同学打电话叫人家出来不大好！"哗，瞬间把自己的形象从《法制人生》的四版拉到了一版。再比如平常看起来人老心不老的树公，打自我介绍起就撺掇女同学叫他"老公"，可结果呢？我倒是有幸跟他在某高大上韩国餐厅单独约会过。六点的饭局，七点他已经把我送到家楼下了。就一个小时啊，连吃饭带聊工作家庭带心灵鸡汤啊，这速度只有X战警能比吧？更别提我们班那个叫范寅的家伙了，亏他还是双子座！简直太给我认识的情圣星座双子丢人了！话说，曾经在一个月黑风高的晚上，心机深沉的我拎着箱子跟他一起坐着飞机奔去了上海，我们深情款款地一起躺在头等舱（p.s.为了跟这种高级金融男坐一块儿我处心积虑多花了多少冤枉钱啊！）喝了一杯飞机上送的红酒，自拍发全班造舆论，然后，飞机到了上海，他真的叫了司机开了一辆颇高级的奔驰商务车把我送到了酒店，眼看事情就要奔着王功权私奔的方向而去的那一瞬间，我们说了再见。然后！就没有然后了……一个月后，我们在北京再次相见，怀着深沉而刻骨的相思，坐着他的真爱石军的车，一骑如尘开到了簋街，三个人怀着无以言表的复杂思绪，一口气吃了八斤牛蛙。八斤啊！我得减多久的肥才能把这八斤给减掉啊？更别提还有麻酱小料和大罐可乐呢！你们中欧男生就是这样对待女同学的吗？请问什么人可以当着八斤牛蛙发展绯闻？另外作为我的老乡你敢不抢我的可乐吗？

至此我的中欧生涯全面溃败。没有绯闻，没有房卡，没有高富帅和白富美的素材让我取之不竭，开学两个月不到，我就跟一个号称管着三万员工的北汽老总老叶因为喝酒翻了脸，每个月上课都有那么四天心情非常down。Time and time again, I ask myself, 是否应该退学闹太套？这上课教的都是啥啊，会计！各种会计！身为一个人民教师，我把我最讨厌的学生干过的事儿全学会了，我共计在课堂上打开过暴走、睡觉、发呆、聊手机、自拍外加美图秀秀、抑郁外加躁狂等等模式，现在想想，中欧的老师涵养比我好多了。我要是我自己的老师我早拿板擦砸那姑娘了。这时候，居然也还是之前那帮看起来没故事的人向我走上前一步，那个特爱打工作电话的许冬红有次跟我一个组，她按着全组8点不写完作业不许出去吃饭，连叫pizza都不行，好容易作业搞完了,她问我,你会了没,我再给你讲一遍?

同志们,啥叫累觉不爱啊!能跟这样的姑娘传绯闻,那非得是受虐型人格天蝎男啊!嘿,那谁,说你呢!再请我吃八斤牛蛙我就封口,怎么样?

大半年唰唰过去,360°小组我被俩行业千差万别的小伙子收留,结果好容易讨论一次还是我皱着眉头问他们,你们说我到底要拿我家挨踢男怎么办!再这么下去我得离婚了呀!有一个叫李云晓的也是干挨踢的哥深沉地吐了口烟圈说:"巍啊,我这儿有一包泰山给女士做的烟,你要不要尝尝?"得,我家务事没整明白,360°没搞清楚,戒了好几年的烟倒复吸了。他们对我……实在是……很挨踢……

入学一整年的时候,我们班里足足十个人一起去了台湾。有个央视的家伙叫王世杰,他仗着自己是搞文化的,老冒充文化人,人家都听讲座呢,他折腾我们一群人包车跑到新北的莺歌去看瓷器。结果我跟不打游击的李向阳一家家去逛那些小作坊,边逛边听他给我讲他如何跟我嫂子斗智斗勇去景德镇买瓷器的趣事,那真是台湾上课的日子里最愉快的一个下午。

选修课了,大家狼奔豕突,四散奔逃。微信群里每天就剩几个坏人瞎聊天,我不关心谁在创业,也不知道别的课题组都在干吗,反正我们组都在各忙各的。我去了趟摩洛哥,渐渐跟摩洛哥群的女朋友们聚会次数远多于自己班。有人问起,我就一脸羡慕地说,啊呀我们班为什么一点都不亲啊!大多数的时间里,我都跟没上学时候一样,一门心思地沉溺在自己的宇宙洪荒里,压根顾不上看别人。影影绰绰地,我也知道有一群人在跑戈壁,我去南昌开会也见过 A 队的种子邹君平,去青岛玩儿的时候也错过了 B 队的吉星星,但说实话,他们到底在干吗,我既不清楚也不关心。我终于换了心理医生。我觉得我很焦虑,试着学习跟失眠当朋友，试着说服自己离婚或者不离婚，但是每个努力都不成功。睡不着的时候我大概也想过，我有这样一个班的同学，如果我就这样在夜里溘然长逝，估计他们会捐款救助我儿子，然而他们究竟是谁，他们会在意我是谁吗？以后他们除了是我的某一个熟人，他们究竟在我生命中占据什么位置？

太累了，想不明白。

两年里去上海开会七八次，一次也没找过范寅。我要跟他说什么呢？吃一顿饭还要找话题好累啊，不如不要麻烦人家。就这样，我连最后一个绯闻男友都疏远了。如果没有意外，我会就这样毕业，生命继续，他们是他们，我是我，不好不坏不惊不喜。班主任转发了别人的毕业札记，敏感的文艺女青年杨老师也觉得我们班是个不亲密的班级，于是在朋友圈玻璃心地感叹。我跟李向阳冲出去安慰她，我拍胸脯许下承诺，不就是个抒情散文嘛，我给你写一个！拍过胸脯才后悔，情这东西，必须是真的才动人。我有吗？

于是一路走到最后。就像所有压抑了八十分钟的文艺电影，最后一幕的抒情通常来得让人经受不住。我们就差没喊着"Oh Captain！My Captain！"踩上桌子了。在整整两年里每天在微信群里瞎扯的大胖老爷们们集体擦眼泪的一幕太惊人了，以至于我实在没法描述。我在最后一节课被福州姐姐林岚喊上台去做课程总结——说真的我万万没想到我此生竟然会在一门谈论幸福的课程结尾去做总结——在那奇妙到几乎眩晕的一刻，我很丢人地失忆了。我不记得我说了啥，也不记得我本来想说啥。我只是非常确认，这些人，有他们，我很幸福的。

就是这些根本不表达也不爱表达感情的男人。这些把大部分精力献给家庭同时也爱着世界和自己的女人。就是这些跟我一样可能也在漫长的黑暗来临的时候渴望过温暖光明的人。就是这些最终发光如星照亮了我的人们。

就是他们。就是她们。就在我头顶，就在我身旁。确认了，稳稳的。

也许还会有孤独的一天。那时候问问自己，有过好日子吗？

有过的。

有多好？

好得就像被神应许。

我有平安如江河

没空好好读书，导致对最近的生活质量产生极大怀疑。

严歌苓的《赴宴者》看了个开头，不喜欢。飞机上读完了《失落的秘符》，推荐给了诗憬姐，临了还是没忘追加一句"我觉得没有《天使与魔鬼》和《达芬奇密码》好看"。睡觉前的一小会儿工夫，用来读古龙，有一搭没一搭的，反正也不着急。极光推荐我看《蚁族》和《三生影像》，都是匆匆看了个大概就放下了。我不比他有丰富的情感，轻易就被感动了。我发现我现在要感动一下可真不容易。

最近读过的非大部头的书里，有几本真是不错，颇值得拿出来推荐给大家。一本是影评集《我有平安如江河》，令我有当年第一次看李皖写罗大佑黄舒骏的乐评时候的快感。还有一本是亦舒师奶的小说《纵横四海》，我拿来打发吃饭时间的，居然就此一晚上啥也没干看完了。看完了，第一件想起来的事儿，是以后要给学生在港台电影史课上讲胡金铨想拍华人修北美铁路悲惨历史的未了之梦，就可以推荐这本小说了。

《纵横四海》完全不是爱情小说。基本上，除了开场的一小段，整本书跟爱情没啥关系。基本上，她用的法子是我最爱的金庸那一套，故事全是编的，细节人物却时不常地出现大历史的影子。作为第一代北美移民的罗四海第一次出洋，在船上邂逅了少年孙中山。第二次衣锦还乡，在船上偶遇少年邓小平。我看得笑个不住，告诉胖同学。他问："是搞笑吗？"我说："不不不，不是搞笑。"女作家用男性主人公写小说，往往免不了有自说自话的嫌疑，这本书的题材若换到其他人手里，搞不好能弄出个央视开年大戏，她却仍然避重就轻，轻却轻得不难看，仍有热血三两分，这就难得了。

电脑重装系统之前，每次开机都需要起码好几分钟。等待开机的间隙里，我例必温习的是《波西米亚楼》。最近这本散文集出了新版，我手里两个版本都有，放在电脑旁边的却总还是老版本。严歌苓那时候刚红没多久，写起她刚去美国，被寂寞的女邻居暗恋；同美国人结婚后回国省亲，在90年代的南京被我国公安人员当成一个同外国人乱搞的暗娼；最难忘的，当然还是《母亲与小鱼》那篇。因为太喜欢，所以不能常看。《人寰》和《一个女人的史诗》里有多少影子都能在这本散文集里找到啊，我在剧作课上讲人物，讲着讲着，就讲起文章里炸小鱼这一幕。许巍的歌词里有"沉默高远"的句子，作为一个没怎么听过他歌的人，我很喜欢这一句，并且一厢情愿地把这个词儿贴给了这本书。

每次忙到死去活来的时候，最大的人生理想就变成了：能有一个阳光温暖的下午，啥事儿没有，踏踏实实看本好看的书。看着我手边那些堆积如山没工夫读的书，对着半侧书架里没营养包装烂俗却堆积如山且都被我看过一遍的"畅销书"，真的是欲哭无泪啊。

且试新茶

一夜没睡好,早晨醒来,胖同学电话响了,他跑出去接听,我翻个身接着睡。

过了一会儿,他回来了,表情很奇怪。我迷迷糊糊地睁开眼睛,听他说:"我大学的班主任去世了,在南京。"

我使劲眨巴了几下眼睛,才确定自己是醒着的,没做梦。我坐起来,看着他。半天,胖同学告诉我,明天早上追悼会,他的同学已经去买火车票了。他拿不准要不要去南京,倒不是怕麻烦,而是本能地抵触任何追悼会。说实话我理解,此生迄今唯一参加过的一次追悼会还是十二岁在西安念初一时候作为班里的学生代表参加几何老师爱人的追悼会。那情那景,至今记忆犹新。我们两个对着沉默了好一会儿,我也不知道哪根筋搭牢了,张嘴就说:"我要是哪天死了,我从前的学生肯来看我,我一定会很高兴的。"

就这一句话，我们决定一起去南京。坐晚上最后一班飞机，明天他去追悼会，我去找百合聊天喝茶，到下午再坐飞机回来。

说动就动，我开始给百合打电话，胖同学去推掉他早就定好的各种事宜。结果，百合不在南京，胖同学约好的人推不掉。前后也就一小时吧，我们的周末已经在飞行两千四百公里和宅在北京之间打了好几个转了。最后决定，我们留在北京，但是请去的朋友帮我们带个花篮。

事儿定好，我们开车出去吃饭。坐在车上闲聊，不知不觉开口说到的都是自己的老师。我讲起我中学的数学老师，他讲起这位刚去世的班主任。他说，班主任大他十七岁。我扳指头认真算算，我比我的学生们大十三岁。

回到家，苏西从厦门寄给我的红茶到了。我拿剪刀拆开包裹袋子，一袋一袋把一大堆小袋红茶掏出来。想想这些从温暖的地方寄来的茶叶和那个只见过一面的女朋友，想想我几乎差一点就可以见百合一面，就有一种说不出来的心情。

这心情怎么形容呢。就像我妈妈偶尔打一次电话给我，每次都少不了给我描述退休后的生活。她计划着要去海南养老。她要搬家到浐灞的新居。她要锻炼运动，日日散步。她要来北京看我，给我做饭，增加营养。我有多少次想打断她，暴呵着说，快去快去，不要等，不要计划，想到就赶紧去。

我生怕来不及。我才不要我爱的人等着梦想实现。

我没去成南京，倒是坚定了下下周末回西安陪我妈过生日的决心。

我妈不缺我送的任何礼物，我想她缺个闺女陪在身边。这个礼，我还是送得起的。

我还是你的

仍然持续失眠。早上八点多就爬起来,约好了蹭车去广院的各种细节,这才梳洗打扮。脸上的痘痘多到不用一斤以上的粉根本遮不住,于是粉底液加粉饼加散粉再加遮瑕全套家伙什儿一起上了。最后的结果就是我的脸像是打了一层厚厚的腻子,均匀是根本谈不上了,幸亏总算遮了个大概其,这才大摇大摆出了门。

跑到梅地亚,找到了LY小姐,又在木樨地等到了CW小姐,我们三个加起来还不到一百岁的女人志得意满地开着车就奔广院去了。其实之前也认真想过要不要嘚瑟一下,开着我的小白去显摆,后来一琢磨,都是同学,显摆个P呀,而且您开得去,您停得了吗?真不是我看不起自己,就我那二把刀的停车技术,我还是算了吧。同学聚会本来是个挺高兴的事儿,我再把谁的车撞了就不好玩了。

LY小姐的车开得果然靠谱。我们很快到

了广院,见到了各路起码十年没见的男男女女。男生没我想象的那么胖,女生大多没有太大变化,各个都透着越发的洋气和会打扮。说句题外话,打眼一看,最多的包就是GUCCI,长叹一声,大G果然是大牌中的肯德基,在中国推广得也忒好了。我估计我是女同学里唯一背了个无任何牌子单单是拿挂历纸做的包包就出门的姑娘。当下就放心了,这么多年过去了,我还是我。在全体大牌的场合,我一定是要各种怪才安心的那一个。

广院还是那个广院,我们一群人怎么看都像进修班的老干部,各种合影留念。我忘了带相机,只好拼命往别人的镜头前面凑。一打听,当年的同学们纷纷做了爹地妈咪,各种儿女经铺天盖地,我跑去给老师敬酒,却发现只认识别人专业的班主任,却认不出自己专业的各位老师,由此再次深切感受到当年我是个多么不靠谱的音响导演系的女同学。从开始到最后,问得最多的一句话就是:"你现在干吗呢?"

还真是干什么的都有,就是干本行的少见。一桌子十个人,我跟小青当了艺术院校老师,小归和王小姐做了广告,CW进了建设部,当年住我对面宿舍的一个北京姑娘去了联通,其余一堆人都在电视台。收留过我学生远同学的西藏电视台文艺中心主任巴桑主动承揽了十五周年聚会的任务,且毫不犹豫地把地点定在拉萨;当年的帅哥刘公子主动提起我另一个学生六连钱的女友如今在他手下工作,他们"前几天还说到我"。我手机里居然有各路远在南京苏州福州温州的女同学们的电话,于是该打电话的打电话,该藏号码的藏号码。我同当年文编的班主任周先生推杯换盏一小下,《男才女貌》的梁子就此揭过不提。大学里第一个在课堂上夸我小说写得不错的陆建老师"仍然在写诗",依然骑着自行车的他主动坐到我身边,笑着跟我说:"我现在上课举例子还是经常提到你。"

怎么说呢。我本来不想把这篇文章写成这样一个流水账。我只是忽然忘了怎么抒情。昨天晚上,鼓起勇气再《格蕾》的我对着乔治下葬,牧师拿着圣经念传道书——"凡事都有定期,天下万物都有定时,生有时,死有时,栽种有时,拔出栽种的也有时,杀戮有时,医治有时,拆毁有时,建造有时,哭有时,笑有时,哀恸有时,跳舞有时,抛掷石头有时,堆聚石头有时,怀抱有时,不怀抱有时,寻找有时,失落有时,保守有时,舍弃有时,撕裂有时,缝补有时,静默有时,言语有时,喜爱有时,恨恶有时,征战有时,和好有时,世上万事万物皆有其时"那一幕哭得不成样子。

你们看,怀抱有时,不怀抱有时。可我还是你的。我还是那个我恨过的地方出来的,我还是跟那些一点没暧昧过的男同学亲得不行,跟那些大学里互相看不顺眼的姑娘们忽然情比姐妹亲。我根本不适应这样一个不会抒情的我,我简直不认识急急忙忙要从人堆里逃跑回家的我。

喝水的时候,我举着杯子,请对面的同学帮我倒上。这简直再自然不过的一个举动,今天却起码有一男一女两个同学瞪着我说:"你居然让我给你倒水!"我一边道歉,一边道谢,一边感慨万千地想,这才是他妈的广播学院。我可不能忘了本。这帮厉害的狠角色,当年都是我同学。只有在这儿,我才不是现在的我,我只是当年的我。只有当着他们,你穿大B家的豹纹裙子还是会被嘲笑为"刚打猎回来",你追着当领导的同学说"给我学生发点栏目剧的活儿吧"才会被人逗着问:"呦,你怎么那么上心啊,这是跟谁潜规则啦?"

看你是欲哭无泪呢,还是哭笑不得,这会儿全凭心理素质建设了。这帮人知道你的底儿，你少装什么优雅知性，赶紧该吃吃，该喝喝，少来那些里格浪。

8号楼被推倒了，闹耗子和刺猬的琴房不见了。核桃林变小了，当年的美女们都不见了。骑自行车的人变少了，溜着滑板去图书馆的男生变多了。回民食堂还在老地方。

我什么都记得。叫我怎么说，我居然，什么都记得。

影片分析

我跟我爹进行了一次非常罕见的交流。

交流的方式如下。

去新家看房子的路上，趁我娘去物业办事，我爹问我，你有没有看过一部施瓦辛格演的电影，大概片名叫什么《龙妈出更》之类的？我摇头，说没有。我爹说，那片子一开始，有个老太太演施瓦辛格他妈，比施瓦辛格的个头低起码一半，结果在飞机上跟满飞机的人说我儿子小时候怎么尿床之类的糗事。你觉得他妈这是爱他呢，还是不爱他？

我已经很多年没有这样严肃地跟我爹谈过话。我想了想，冷漠到近乎冷酷地告诉他，我觉得这个跟爱不爱没关系。两个人无论是父女、母子、夫妻还是朋友，首先是两个人。一个人如果不尊重另一个人的感受，只因为他们亲密就可以随意说话的话，我认为这是非常巨大的自私。

我爹沉默了半晌，一句话也没说。我娘出来了，我们三个人沉默地上了车。

我真的很抱歉，我不肯做那个伪善的不讲真心话的乖女儿，这太不像我们西安人民的做法了。然而我除了是我爹的闺女，我还是我自己。十五岁的同学会，我爹当着全班同学的面讲我的笑话博得全班鼓掌的事情最好永远别再发生了，因为至今他仍然不知他的得意之笔竟然是我的噩梦。这么多年过去了，我们都没忘，只是分别以不同的方式纪念。

鼓了整整五十个小时的勇气，我才去医院看了我外公。我外公瘦了足足七十斤，完全成了另一个人。狠了一辈子的老爷子见我就哭了，拉着我的手，我完全不知道该怎么办。我的家庭没教过我怎么表达亲密的感情，我不知道我是该抱抱他呢，还是陪着他哭一会儿。最后，我什么也没做，我只是坐了下来，跟他说各家各户的八卦。我大表姐在微软年薪多少万；我二表姐在深圳买了三百平的房子，又在西安买了两百平的跃层，二表姐夫从意大利转到美国做华为的代表；我四表妹在工银瑞信，找了个国发行的男朋友，两人准备买房子；我小表妹买了部雅阁，每天送我外婆来医院，诸如此类不一而足。我的家庭开花散叶了，每个女孩子都很有出息，虽然彼此没有联系，但是我们都流着他的血。

他说，他为我们骄傲。

躺在病床上，他看着天花板，缓慢不清地告诉我，这些日子，他一直在回忆从前。他一辈子脾气不好，没事就跟我外婆吵架，他自我检讨说自己"修养不够"。病了小半年，他认为"亲情最可贵"。说到我的婚姻和事业，他告诉我，人无完人，要看主流。得病容易看病难，再有剧本催命，该吃该睡不能耽误。

他说，我脑筋清楚得很，我这次不会死。但是看见你，我很开心。

出了医院大门，我哭了个稀里哗啦。这个世界上跟我有血缘关系的仅有的两个男人，在接连两天里用了多么不同又多么相似的法子向我表达亲密。我的家族是多么不善于表达感情的一群人，方法笨拙又刚愎自用，只能把柔情蜜意写在风中。

我想我爱他们，虽然我也不会说。

我是他们的延续。不管我愿不愿意，我已经延续了。躲是躲不开的。

我想是时候去看看我爹的博物馆了。

无痛人

我儿子不怕痛。

带他打针,别的小朋友哭得昏天黑地,他最多哼哼两声;平常玩高兴的时候,小手在桌子上使劲地拍拍拍,我看了都觉得疼,他居然还是一脸无所谓。因为是个不靠谱的新手妈妈,所以也各种搜索了一番,结果网上说婴儿的神经大多没长完全,这种情况无须担心,我才稍微安定了一点。

结果某天上改编课,我有一个学生,打算改一部著名的英国小说《无极之痛》。我一方面对他们阅读领域的广泛由衷地高兴;另一方面隐隐地担心他们一定会糟蹋这小说。果不其然,糟蹋得一塌糊涂。然而故事梗概再怎么烂到无语,我还是被"无痛人"那三个字吓了一跳,回到家恨不能揪揪我儿子的脸蛋,把他弄哭才算踏实。

正在写的剧本里也碰到类似的情形。更别

提一直在缓慢又迅疾经历着的人生。有了儿子之后，我一方面越来越体会到心境平和；另一方面却遥遥回望那个不久之前还在被痛苦、渴望、等待等等难以承受的人类情感折磨的自己。不为任何人任何事等候，也不再渴望任何突如其来的遭遇，对一个写作者来说，一定是好事情么？

作为一个母亲，你是希望你的孩子痛，还是不痛？

作为一个女人，你是盼望遇到令你痛的人或事，还是遇不到？

作为我自己，我只想说，让文艺作品都见鬼去吧，这样平静的平淡的平凡的人生就很好，如此下去，就是最好。

时间的味道

几年前我看过一部特好看的国产电视剧，叫《半路夫妻》。那时候张嘉译还没有红，演陈小艺的前夫，片子一开始就跟陈小艺莫名其妙地离了婚，所谓的莫名其妙是指没有第三者，没有财务纠纷、没有性生活不和谐，甚至没有感情破裂，就离婚了。这两人还不是什么文艺工作者，是两个无比接地气的小警察。一个片儿警、一个乘警。然后片儿警陈小艺认识了一个坐牢回来找不到工作的前大款孙红雷，乘警张嘉译在火车上被一个卖保险的女人纠缠出了感情，分别再婚。所谓"半路夫妻"，说的是这两对的故事。故事的结尾当然是大团圆，在经过了一系列狗血的家庭事业的冲突之后，张嘉译的妈妈、一直跟陈小艺生活在一起的前婆婆去世了，临死前她老人家盖棺定论地说："我之前不同意你们离婚，现在看来，这婚离得对。你们都过得比之前好。"真爱在老人家的祝福声中来临了。结尾的一幕让我印象尤为深刻：孙红雷再度发了财，比之前还要有钱。陈小艺穿着孙红雷给买的名牌高跟鞋，在对名牌和老公究竟做什么生意都一无所知的幸福女人的懵懂中，噔噔噔噔地走上了属于片儿警的幸福大街。身后洒下了一地的羡慕嫉妒恨。

现在回头想想，这是个多么不靠谱的设定啊。人到中年的女人，居然会为了"过得比从前好"而离婚，两人有个上高中的儿子居然还没有反对，并且骑着自行车小大人一样地教育爸爸说："你比我妈好找，所以你得等着我妈，万一她找不到，你得兜着她。"张嘉译居然还点头了！这个戏居然还没有被归类为偶像剧！这一家子明明就是偶像啊！神一样的偶像啊！

那个戏的编剧叫彭三源。我不认识她，开会见过几面，从没聊过天。但是任何制片人问我心目中最好的生活剧编剧，我总是回答她的名字。因为我深深地喜爱这部偶像生活狗血电视剧。在这部戏之前另一部这样给我深刻印象的戏，是《空镜子》。那也是一部偶像剧，让我爱得不行。

这两个我爱得不行的电视剧里的女主人公，都是离婚再嫁的普通中国女性。谈不上特别美，质朴善良中都透着点傻气。因为人傻，所以福气也跟着傻，总能在弯弯绕绕曲曲折折之后碰见愿意兜着自己的男人，然后再嫁给更好的那个。她们碰上的伴侣，也总是普通的中国男性：大男子主义、小心眼儿、嘴笨，情商低，但是厚道善良，特别具有一种同样莫名其妙不知道打哪儿来的责任感。如果你是前妻，我就兜着你；如果你是后妻，我就为了你跟前妻翻脸划清界限。

常常看着看着我就哀叹，我看的这真的不是三生三世枕上桃花这样的言情小说吗。这样愿意为了前妻当备胎的男人，怎么会沦落到当备胎的地步，这他妈的还有地儿说理去吗。啥叫旱的旱死涝的涝死啊,真心让人好着急啊!

然后我就莫名其妙一骑无尘地奔向离婚的道路去了。没有第三者、没有财务纠纷、没有性生活不和谐,甚至没有感情破裂。我自己也不知道具体是为了个啥,我纠结得原地团团乱转,迟迟下不了最后的决心,我拿我自己没办法,我又没有孙红雷,我儿子才三岁两个月,我以后怎么办,我究竟是图啥呀。

回答不了,还是做了决定。没有忍耐不了的生活,只有不愿意忍耐的人。做了决定,挨踢男突然开始天天晚上回家吃饭。漫长的七年婚姻生活里几乎从来没有一起吃晚饭的两个人要一起吃饭,我做饭做得头晕眼花。问他,为什么要回来吃饭?他说,我怕你一个人吃饭闷。

我"呀"一声,心里悚然一惊。

这是"我兜着你"的小饭桌版吧。就在我家里,就在我身上。我终于用漫长的时间熬出了一个男人对我的依依不舍,那些被他们称之为"对前妻的责任"的东西,其实都是曾经相依为命的依依不舍吧。那些不好的日子、争执、眼泪、伤痕,同样也会在岁月里酿酒,同样也有苦涩的葡萄味儿吧。

七年里,如有剩饭,一律是做他爱吃的蛋炒饭。现在可以做我爱吃的烩米饭。吃完饭,一起打扫卫生,楼下散步两圈,天顶是明晃晃的半个月亮。知道这就是最后的时光了,一向不宽容的人不但宽容,简直温柔,真令人感谢他不做挽留的沉默。

我一向没有乱爱人。是的,我想我也没有嫁错人。在彼时彼刻,他是我能做的最好选择。纵使并未天荒地老,仍能保有深深的感谢。

他不是那个 Mr.Right,我们没有多少好时光。上一次一起走路是吵架,上一次一起开心大笑是看《功夫熊猫》，上一次觉得他是我的亲人……对不起，压根没有过。

然而就是这样一个人，在整个世界宇宙洪荒的男人们都在为自己的女人负责任的时候，愿意挤地铁回来陪我吃一餐晚饭。只因我是他的准前妻。

人是多么奇怪的物种，我们眼睁睁地看着一段感情变坏却毫无办法，我们只有眼睁睁地看着他或她从情人爱人变成亲人再变成别人的情人爱人和亲人。我们什么办法也没有。他是清华男，我是博士女，可是，我们什么办法也没有。

最后唯一能做的，也不过是熬干骨血，耗尽时间，眼睁睁看着这段被我们亲手败坏的感情说，这是我的亲人，我要为她／他负责任。

我就这样多了一个亲人。我都不知道是该为这样的人生轻轻叫声好，还是沉默下去，什么也不说。

于是我假装不在乎。

于是，一起走了一段，就要分散了。

说声祝福吧，还有，对不起，我的亲人。